con sazón

CUENTOS Y GRABADOS EN LINÓLEO DE

Lulu Delacre

TRADUCIDO POR SUSANA PASTERNAC

SCHOLASTIC INC.

New York   Toronto   London   Auckland   Sydney
Mexico City   New Delhi   Hong Kong   Buenos Aires

Originally published in English as *Salsa Stories*.

Translated by Susana Pasternac.

ISBN 0-439-22649-X

Library of Congress Cataloging-in-Publication Data available

24 23 22 21 20 19 18 17 16   12 13 14 15 16/0

Printed in the U.S.A.   40

First Scholastic Spanish printing, September 2001

The text type was set in Garamond 3.
The display type was set in Linoscript.
Book design by Marijka Kostiw.

Éste es sólo para ti,
querida Alicia.

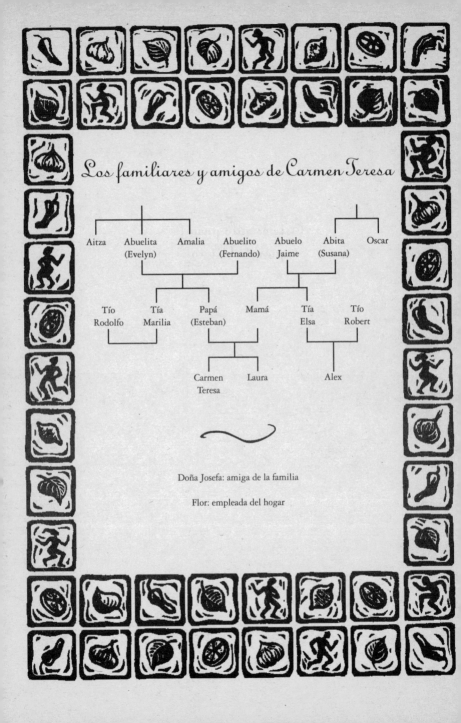

Los familiares y amigos de Carmen Teresa

Aitza   Abuelita   Amalia   Abuelito   Abuelo   Abita   Oscar
(Evelyn)   (Fernando)   Jaime   (Susana)

Tío   Tía   Papá   Mamá   Tía   Tío
Rodolfo   Marilia   (Esteban)   Elsa   Robert

Carmen   Laura   Alex
Teresa

Doña Josefa: amiga de la familia

Flor: empleada del hogar

Índice

Primer día del año

Hay muchas preparaciones para la fiesta del primer día del nuevo año

—¡Esteban! ¡Baja el volumen del estéreo! —le pide mamá a papá desde la cocina. Mientras revuelve el pollo en su adobo con una mano, contesta el teléfono con la otra.

Nuestra casa bulle de algarabía cuando llegan los invitados uno por uno. En el sótano, los primos corren de un lado al otro al compás de la música de salsa que resuena a través de los altavoces instalados en los dos pisos de la casa. En el comedor, Abuelito, el abuelo Jaime, el tío Robert y el primo Danny juegan al dominó concentrándose en cada movida. Juegan con los dominós de la suerte que Abuelito trajo de Cuba hace cuarenta años.

En la cocina, mi abuela Abita, Flor, la empleada, y yo, rebanamos y picamos las verduras rítmicamente. Un delicioso aroma de ajo crujiendo en aceite de oliva emana de la olla. Estamos ayudando a mamá a preparar el sofrito para el arroz con pollo, el plato que la ha hecho famosa entre las amistades y la familia.

Flor y Abita charlan animadamente mientras tratan de contener las lágrimas provocadas por la cebolla re-

1

cién cortada. Flor le cuenta a Abita de su próximo viaje a Guatemala para Semana Santa.

—He estado ahorrando por más de un año para ir a visitar a mi familia —dice.

Flor ha ahorrado no sólo para su boleto de avión, sino también para los regalos que quiere llevarles a todos: *jeans* nuevos, *walkie talkies,* un pequeño televisor y lo último en materia de juguetes.

Abita mueve la cabeza en señal de aprobación. A pesar del estrépito de la música, los gritos de los niños y el alboroto de las cacerolas, milagrosamente, escuchamos el timbre de la puerta.

—¡Carmen Teresa, contesta! —me grita mi hermanita Laura desde las escaleras del sótano.

—¡Contesta tú, por favor! —le respondo—. Estoy ocupada.

No quiero perder mi puesto en la cocina, pues siempre hay alguien ansioso por ayudar. A mí me encanta cocinar y cuando hay fiesta en casa es difícil encontrar un lugar en la cocina de mamá.

Veo a Laura que corre a abrir la puerta.

—¡Doña Josefa! —dice Laura alegremente cayendo en los brazos abiertos de la anciana.

—¡Feliz Año Nuevo, Laurita! —doña Josefa la saluda con un abrazo cálido y le da un regalo. Doña Josefa es una médica peruana que trabaja en la clínica gratuita donde mamá ayuda como voluntaria. Mamá nos dice con frecuencia que doña Josefa nos mima porque no tiene hijos. Laura le agradece el regalo a doña Josefa y se escabulle al comedor para abrirlo.

Doña Josefa me encuentra en la cocina. Trae un regalo envuelto en papel marrón. Sus manos arrugadas son un tono más oscuro que la envoltura. Me va a entregar el paquete, pero se detiene al darse cuenta de que tengo las manos llenas de cilantro. Entonces regresa al vestíbulo y coloca el paquete sobre la mesita de la entrada.

—Para cuando te laves las manos Carmen Teresa —me dice.

Tía Marilia y tío Rodolfo son los últimos en llegar. Han traído botellas de coquito y los éxitos más recientes de Rubén Blades y Willie Colón.

—¡Habrase visto cosa igual! —bromea tía Marilia mirando a su alrededor—. Todos los hombres se divierten mientras las mujeres trabajan como esclavas en la cocina. ¡Hay algunas viejas costumbres que ni viviendo en Estados Unidos cambian!

Tía Marilia es mi tía favorita. Es muy chistosa y cuando está presente abundan las risas.

De repente mi hermana me hala de la manga.

—¡Mira, Carmen, mira lo que me regalaron! —Laura me muestra la linda muñeca de trapo que le ha traído doña Josefa—. Déjame ver qué te trajeron a ti.

Muerta de curiosidad, me lavo las manos para buscar mi regalo, pero no lo encuentro sobre la mesita donde lo dejó doña Josefa y no hay nadie cerca excepto nuestro primito Alex. Cuando Laura ve a Alex, lo toma de la mano para jugar con él, pero Alex, que acaba de aprender a caminar, prefiere corretear alegremente por la casa.

—¡Laura! —grita Abuelita—. ¡La canela!

En un instante Laura se olvida de Alex y de mi regalo y corre a hacer su tarea predilecta en la cocina: espolvorear canela sobre la natilla fría.

Abuelita ha preparado la fina crema para el postre y la ha vertido en veinticuatro tazones. Éste es el postre favorito de Laura y después de examinar cuidadosamente cada tazón, con gran picardía cubre el más repleto con una gruesa capa de canela. Es su forma de decir que es suyo.

Mamá llama a todos a comer. Hemos colocado las fuentes en el mostrador de la cocina y la gente se apresura a servirse. Se sientan por todas partes: en el comedor, en la cocina o en la sala de estar.

Abuelito se levanta para dar gracias por los alimentos. A veces habla durante un largo rato porque le encanta ser el centro de atención, pero siempre termina su plegaria con el mismo dicho: —Salud, dinero, amor y ¡tiempo para disfrutarlos!

Cuando finalmente llega a esta parte, todo el mundo se está muriendo de hambre.

Justo cuando estoy por meterme un gran pedazo de yuca caliente en la boca, doña Josefa se sienta a mi lado.

—¿Te gustó el regalo? —me pregunta.

Termino de tragar rápidamente y pido permiso para retirarme. Así evito la vergüenza de tener que decirle que lo he extraviado. Vuelvo a mirar por encima y por debajo de la mesita de la entrada, pero el paquete ha desaparecido. En voz baja les pregunto a mis padres y familiares si lo han visto, pero nadie parece saber nada. Para esquivar a doña Josefa, escapo a la cocina donde encuentro a tía Marilia y tío Rodolfo. Se han puesto a bailar allí mismo, tentados por la música irresistible. Graciosamente se enroscan el uno en brazos del otro, haciendo alarde de sus pasos llenos de pasión. Inspirada por su cuñada, mamá me invita a la "pista de baile" para enseñarme algunos pasos básicos de salsa. La sigo no muy convencida.

—No te fijes en los pies —me advierte—. Tienes que sentir el ritmo de la música.

Al otro lado del cuarto veo a Laura y a Alex. Abandono mi lección de baile para ir a preguntarle si ella ha visto mi regalo, pero antes de poder hacerlo, Alex tumba el gallito que estaba encaramado en el pesebre de madera tallada. Mientras Laura vuelve a colocar las piezas con cuidado, Alex se pone a jugar con otra cosa. Por encima de sus hombros veo que intenta desenvolver un paquete. ¡Es mi regalo!

—¡Ay, Alex! —le pido—, déjame ayudarte con eso.

Le permito desenvolver el paquete y le dejo la envoltura para que juegue con ella. Parece muy contento arrugando y haciendo crujir el papel.

El regalo de doña Josefa es un libro en blanco forrado con una tela roja salpicada de margaritas, con una dedicatoria:

"Querida Carmen Teresa:
Cuando yo tenía tu edad, llevaba un diario en un libro
igual que éste. Espero que le encuentres un uso preciado
a tu libro como yo hice con el mío".

Doña Josefa

—¡Muéstrame! —me exige Laura, y un gesto de satisfacción se dibuja en su rostro al ver mi libro. Está encantada de que no sea algo mejor que su muñeca.

Aliviada de haber encontrado mi regalo corro hacia doña Josefa.

6

—¿Qué debería escribir en este libro?— le pregunto.

El rostro ajado de doña Josefa se ilumina con una gran sonrisa.

—Hay muchas cosas que puedes hacer —me responde—. A lo mejor podrías llevar un diario como yo.

—Podrías contar las cosas que te han ocurrido —añade Abuelita.

—Sí, o podrías recoger relatos de nuestra familia y amistades —sugiere mamá—. Ya que todos estamos aquí.

—Relatos…¡Ahh, cuentos! —grita Abuelito, que ha estado espiando desde la mesa del comedor—. Yo te puedo contar un buen cuento, Carmen Teresa, pero primero, ¡abuelita! Tráeme un poco más de ese maravilloso arroz con pollo, por favor.

Abuelita le hace una señal a Flor, quien rápidamente le sirve otro plato. Abuelito se alegra al ver que todos se acercan para escuchar su relato.

—Cuando acabe el señor —dice Flor—, yo también puedo contar un cuento para Carmen Teresa.

—¡Ah! No, no, las damas primero —dice Abuelito.

—Como siempre, un caballero —dice doña Josefa—. ¿Quién sabe? Quizá nos podemos turnar todos. ¿Por qué no empiezas tú, Flor?

Una vez que nos encontramos cómodamente sentados alrededor de la mesa del comedor, Flor comienza su relato.

7

Una alfombra para Semana Santa

Cuando era pequeña, en Ciudad de Guatemala, mi familia acostumbraba a hacer alfombras para Semana Santa. Las hacíamos a mano con aserrín teñido y flores frescas. Cada Domingo de Ramos por la mañana hacíamos una alfombra en la calle, justo frente a nuestra casa. Durante la semana, las procesiones pasaban por docenas y los cargadores, que llevaban espléndidas estatuas de Jesús y María sobre sus hombros, seguían el sendero de las hermosas alfombras repartidas por el vecindario. Nosotros esperábamos la procesión que debía pasar sobre nuestra alfombra y, cuando por fin llegaba, era como si el Señor mismo caminase sobre ella.

Un viernes de Cuaresma, cuando yo tenía doce años, acabábamos de terminar el delicioso bacalao a la vizcaína de mamá, y el abuelo Marco me pidió que hiciera algo que yo siempre había soñado.

—Flor —dijo, acariciándose el bigote que ya tenía el color de su gastado sombrero de paja—, puesto que eres la mayor de los nietos, ¿te gustaría diseñar este año nuestra alfombra?

—¡Oh, abuelo! —exclamé llena de alegría.

Desde que empecé a caminar, le había ayudado con las alfombras. Cuando era muy pequeña sólo me permitían aplanar el aserrín con los pies, más tarde me dejaron ayudar con el tinte y en los últimos años me había encargado de espolvorear con mucho cuidado los bordes de la alfombra. Pero nunca había tenido el honor de hacer el diseño. Me moría de ganas de ir a buscar los viejos moldes de madera y elegir los mejores.

Me senté a la mesa, concentrada en mi tarea y sentí sobre mí las miradas ansiosas del abuelo y mis tres hermanos. Recordé con cuánto amor combinaba el abuelo los moldes para crear los diseños. Traté de recordar las alfombras de aserrín que había visto y los diferentes moldes para los bordes que teníamos guardados. Cuando finalmente decidí lo que quería hacer, tomé un lápiz y un papel y comencé a dibujar.

—Creo que será una hermosa alfombra, Flor —dijo el abuelo asintiendo con la cabeza cuando terminé mi dibujo.

Al día siguiente, mi papá y mis tres hermanos fueron a buscar el aserrín. El dueño del aserradero regalaba la mayor parte del aserrín para la fabricación de las alfombras de Semana Santa. Cuando papá volvió con veinte sacos grandes, lo ayudamos a meterlos en la casa. Luego, durante horas, mamá y yo nos encargamos de mezclar el aserrín con tintes de diversos colores en unos baldes enormes. Hicimos tandas de rojo, blanco, verde y negro. Esa misma tarde, terminé de trazar el contorno de una paloma en vuelo sobre una tabla contrachapada que papá cortaría para hacer el molde. Me imaginaba a la paloma con las alas extendidas sobre un fondo dorado, rodeada de flores y formas geométricas.

El jueves siguiente ya teníamos todo preparado para hacer la alfombra. En la madrugada del Domingo de Ramos saldríamos a formarla al frente de nuestra casa. Me moría de impaciencia.

Entonces sucedió algo terrible.

El sábado por la mañana, cuando desperté, había una gran confusión en la casa.

—Tú quédate aquí —escuché que decía papá—. Yo voy a ver qué ha pasado.

Salió corriendo por la puerta y dejó a mamá mirando angustiada por la ventana. Doña Paca, nuestra vecina, al escuchar el alboroto, se había precipitado a ayudar con mis hermanitos y estaba en la cocina sirviéndoles unas *torrejas*. Eran aún muy pequeños para comprender lo que pasaba, y los panecillos calientes, rebosantes de almíbar, los mantuvieron ocupados.

—Mamá, ¿qué pasa? —pregunté soñolienta.

—¡Ay, Flor! —dijo mamá sollozando suavemente, mientras dejaba a un lado su rosario—. Es el abuelo Marco. Hay un incendio en su apartamento y tu padre fue a ayudar.

Mamá hizo un esfuerzo para ir hasta el sofá y seguir con sus rezos y yo corrí a la ventana a abrir las persianas. Entre los modernos letreros de los negocios y la cascada de helechos que descendía del balcón de la casa de al lado, pude ver la multitud que se apiñaba frente a la entrada del edificio de mi abuelo. Una nube de humo negro se escapaba por la ventana de su apartamento y se elevaba hacia el cielo. Me quedé paralizada, mordiéndome las uñas, con los ojos fijos en la muchedumbre. ¿Y si le hubiera ocurrido algo malo?

—¿Está el abuelo en su apartamento? —pregunté a mamá—. ¿Has tratado de llamarlo? —pero mamá estaba muy concentrada en sus rezos y no me escuchó. Tranquilizada con la letanía de sus avemarías, continué buscando al abuelo con los ojos mientras inventaba mis propias plegarias.

Afuera, la luz del sol era cegadora y entrecerré los ojos para ver más claro. Los bomberos se abrían paso entre la muchedumbre. Fue entonces cuando vi a papá salir del edificio y, un momento después, el abuelo apareció detrás de él.

—¡Mamá, mamá! ¡El abuelo está bien! —grité.

—¡Ay, Santo Dios! —suspiró mamá besando la cruz de su rosario.

Papá volvió rápidamente a casa con el abuelo. Los recibimos con abrazos y una taza de café muy cargado. En las horas que siguieron, el teléfono no dejó de sonar. Una procesión de vecinos, familiares y amigos vinieron a preguntar por la salud del abuelo Marco. Mientras tanto, yo me encargaba de entretener a mis hermanitos.

Esa tarde nadie volvió a hablar de la alfombra, y yo temí que no la haríamos. Apenas si podía ocultar mi decepción. Estaba ansiosa por mostrarle al abuelo mi primera alfombra.

Finalmente la agitación disminuyó y el abuelo se fue a dormir una larga siesta. Cuando despertó, entró en la sala seguido de papá y mamá. Aferrado a su bastón, se dejó caer en el sofá a cuadros y llamó a sus nietos.

—Bueno, parece que tendré que quedarme con ustedes por un tiempo —dijo un tanto abrumado—. Mi apartamento quedó reducido a cenizas. Pero no importa, ¿a quién podrían interesarle todas esas cosas viejas?

Durante un rato largo nadie dijo nada. A mí me pareció injusto que perdiera todo: sus libros antiguos, sus fotografías, sus herramientas de carpintería y su mecedora predilecta. Todo destruido. No podía ni imaginarme cómo me sentiría yo si hubiera perdido todas mis cosas favoritas.

—Lo único que importa es que estás vivo —dijo finalmente mamá, rompiendo el silencio—. Estamos muy contentos de que puedas quedarte con nosotros.

Y todos fuimos a abrazarlo.

—Abuelo —pregunté—, ¿hay algo que pueda hacer por ti?

—Nada, Florcita —dijo el abuelo sonriendo—. Nada.

Y después de un momento preguntó: —¿Ya está todo preparado para la alfombra de mañana?

—Éste no es momento para pensar en alfombras —dijo mamá—. Hay cosas más importantes que hacer.

Afortunadamente, el abuelo Marco no quiso escuchar excusas. No iba a romper con una tradición que había amado tanto desde que era un muchacho, ni por un incendio, ni por nada. Acordamos que haríamos la alfombra, como habíamos planeado.

Al día siguiente, al amanecer, salimos todos a la calle. Mis tíos abrieron las bolsas de aserrín y vertieron el contenido dentro de un marco de madera. En medio de gritos de algarabía, mis tres hermanos extendieron y aplanaron con los pies la espesa capa dorada que serviría

de base para el diseño. Luego, mi madre y yo trajimos los grandes cubos de aserrín teñido, aún húmedo, que habíamos preparado unos días antes. Capa tras capa, hora tras hora, espolvoreamos cada uno de los colores en los espacios recortados dentro de los moldes de madera, con cuidado de no pisar lo que acabábamos de hacer. Cerca de ahí, sentado en una silla, el abuelo Marco observaba nuestro trabajo. En la calle de al lado, varias familias trabajaban desde la noche anterior en una alfombra que se extendía a lo largo de dos cuadras.

Cuando estábamos a punto de terminar, las campanas de la iglesia de La Merced repicaron con fuerza. El abuelo había entrado en la casa a descansar y con mucho amor decidí añadir algo nuevo a la alfombra. Mamá me trajo un vaso de *horchata* bien fría, cuyo sabor agridulce reflejaba muy bien mis sentimientos. La bebí mientras admiraba nuestra obra sobre el pavimento.

—Me gusta lo que has agregado al dibujo, Flor —dijo mamá—. Y estoy segura de que al abuelo también le gustará.

Después del incendio, quise hacer algo por el abuelo. Durante la noche había recortado dos nuevos moldes en cartulina: la silueta de un hombre viejo y una lengua de fuego.

La muchedumbre se agrupó a nuestro alrededor mientras terminábamos los últimos detalles de nuestra alfombra. Papá roció el aserrín con agua una vez más para proteger la alfombra del viento. Cuando retiramos el marco de madera, los brillantes colores resplandecieron con el sol de la mañana.

El abuelo salió y, por el sonido de las tubas, supimos que la procesión estaba acercándose. Dos largas filas de hombres vestidos con túnicas color púrpura llevaban una enorme plataforma sobre sus espaldas. Sobre ella se erguía la imagen de Jesús. Detrás de ellos, dos filas de mujeres cubiertas con mantillas cargaban una plataforma con la figura de María. Agobiados por el peso, los cargadores se balanceaban de un lado al otro mientras avanzaban solemnemente.

Mamá, papá, el abuelo, mis hermanos y yo nos reunimos alrededor de nuestra alfombra y nos tomamos de la mano. Yo estaba al lado del abuelo y me preguntaba qué pensaría él de mi trabajo.

—¡Ahí llegan los cucuruchos, los cargadores! —dijo el abuelo con voz llena de entusiasmo—. ¡Por fin van a pasar sobre la alfombra más hermosa que nuestra familia haya hecho!

Desde lo más profundo, sentí una sensación tan cálida como el almíbar que impregna las torrejas. Vi cómo los cargadores admiraron primero mi diseño y luego, lentamente, avanzaron por la alfombra. Marcharon sobre el dibujo geométrico blanco y verde del marco; marcharon sobre la franja de flores rojas y blancas; marcharon sobre el fondo dorado en el que una paloma blanca alejaba de las llamas rojas y amarillas la negra silueta de un anciano; por último, marcharon sobre las dos palabras que había escrito en letras negras.

Cuando la delicada alfombra desapareció bajo los pies de los fieles devotos, sentí la mano del abuelo que apretaba la mía y levanté los ojos hasta encontrar su mirada. Una sonrisa se dibujó en su rostro. Entonces comprendí todo el sentido de las palabras que había escrito con aserrín negro: *Gracias, Señor*.

Gracias.

Amén.

En la playa

Siempre recordaré los atardeceres de mi infancia en Cuba y esas cálidas noches caribeñas que precedían a nuestras excursiones a la playa de Guanabo. Un rico aroma emanaba de la *tortilla española* que mami ponía a enfriar e invadía por ráfagas la casa, mientras yo descansaba en mi cama. La ansiedad no me dejaba dormir. Sólo podía pensar en las olas espumantes y tibias, en la fina arena blanca y en la deliciosa tortilla de mamá. ¡Ahhh! Un día en la playa era un día lleno de promesas.

Un sábado de mayo, unas carcajadas me despertaron al amanecer. Mis tías Rosa y Olga habían llegado con hamacas, mantas y una cazuela de hierro en el que humeaba el *congrí* de tía Rosa. Lo mejor de todo era que con ellas también habían venido mis primos Luisa, Mari y el pequeño Javi. Tío Toni también había venido.

Cuando estuvimos listos para partir, los nueve nos trepamos en la camioneta de papi, que era el único carro de la familia. A nadie le importaba que los niños tuviéramos que viajar todos apretujados, entre platos y cacharros, bolsas y comida, toallas, mantas y hamacas. El motor comenzó a ronronear y el carro a rodar con gran estrépito por la carretera en dirección del sol naciente.

Durante el viaje pasamos junto a cañaverales y puestos de frutas y verduras repartidos a lo largo del camino. Mis primos y yo les gritábamos a los perros que ladraban a nuestro paso y nos reíamos de las gallinas que corrían asustadas en todas las direcciones al ver nuestro carro. ¡Cuánto tiempo parecía tomarse la fresca brisa de la mañana que entraba por las ventanillas en hacerse más cálida! Y a medida que aumentaba el calor, el aroma de la tortilla de mami se hacía más tentador.

—Lámete la piel, Fernando —me dijo Luisa, la mayor de mis primos—. Si sabe salada, quiere decir que ya estamos por llegar.

Tenía razón. Mi piel sabía salada y, casi como por arte de magia, después de una curva del camino, apareció el mar color turquesa. Papi se estacionó en el lugar de siempre, bajo los pinos. Los mayores se encargaron de descargar la camioneta y nosotros corrimos ansiosos hacia el agua, quitándonos la ropa por el camino.

—¡No se alejen mucho! —advirtieron severamente desde la distancia mami y tía Olga.

Al darme la vuelta las vi recogiendo la ropa desparramada.

Cuando llegamos a la orilla, el agua nos pareció fría. Me metí y me zambullí para calentarme rápidamente.

Al salir vi a Luisa, a Mari y al pequeño Javi inmóviles en el agua transparente, mirando los bancos de pececitos de franjas negras y doradas que se escurrían velozmente entre sus piernas. Luego vinieron nadando hasta donde yo estaba y juntos nos dejamos llevar por las olas.

Más tarde, tío Toni vino a jugar al tiburón con nosotros. Chapoteamos y tragamos el agua salada, mientras él nos perseguía por arriba y por abajo del agua. Al poco tiempo se cansó y regresó a sentarse con los mayores.

Comencé a sentir hambre y, por un instante, pensé en seguir los pasos de tío Toni y escurrirme a robar un trozo de la tortilla de mami, pero de pronto se me ocurrió una idea mejor.

—¡Vamos al arrecife! —propuse.

—¡Sí! —contestaron todos juntos—. ¡Vamos!

Chapoteando y chorreando agua, salimos del mar y corrimos por la playa. El sol brillaba en lo alto y nos quemaba la piel.

Cuando llegamos a las rocas, Luisa se mostró preocupada.

—Mamá dijo que no nos alejáramos tanto —dijo.

—Conozco bien el camino —contesté—. Además, nadie se dará cuenta. Están muy entretenidos conversando.

Miré a lo lejos y vi a mami y mis tías descansando a la sombra. Habían atado las hamacas a los pinos y extendido las mantas sobre la fina arena. Papi y tío Toni

jugaban al dominó mientras tomaban un cafecito y compartían un *cucurucho de maní* que le habían comprado al manisero. Todos la estaban pasando muy bien. Nadie nos extrañaría por un buen rato.

—¡Cuidado con los erizos! —les advertí a mis primos mientras les señalaba el camino. Los negros y espinosos erizos se escondían en las grietas de las rocas y pisarlos era muy doloroso. Luisa y Mari me seguían de cerca. Tenían cuidado de pisar sólo las rocas que yo pisaba. Por último venía Javi, que se detenía constantemente para mirar los cobitos, que se escurrían entre las piedras y los pececitos multicolores que se ocultaban en los rincones más profundos de las pozas formadas por la marea. Tenía que darme la vuelta a menudo para asegurarme de que no se desviaran del camino.

De repente vi que Javi se resbalaba al pisar una roca cubierta de algas y le grité:

—¡Cuidado!

Pero era demasiado tarde.

—¡Ay! —chilló y se puso a llorar desconsoladamente.

Corrimos a ayudarlo con cuidado de no caernos nosotros también. Luisa y Mari se arrodillaron para examinarle el pie.

—¡Ha pisado un erizo! —exclamó Mari—. Y ahora, ¿qué hacemos?

—No debimos haberte seguido —se lamentó Luisa—. Ahora nos van a castigar a todos.

En ese momento no quise pensar en lo que podría ser el castigo. ¿Y si nos dejaban sin la tortilla de mami? De lo único que sí estaba seguro era de que teníamos que ayudar a Javi. Miré a mi alrededor y encontré un trozo de madera flotando.

—Luisa —ordené—, agárrale bien la pierna mientras le saco el erizo del pie.

Luisa le sostuvo la pierna mientras Mari tomaba la mano de Javi para consolarlo, pero los gritos desesperados de éste opacaban el murmullo del mar.

Tiré y forcejeé, pero el erizo no se movió. Estaba aferrado al pie de Javi por las puntas de sus púas, y nosotros estábamos muy lejos de nuestros padres para pedir ayuda. ¿Qué haríamos si no podíamos llevar a Javi de vuelta? Desesperadamente seguí forcejeando hasta que, por fin, pude retirar del pie a la espinosa criatura.

Delicadamente, Luisa vertió un poco de agua de mar sobre el pie de Javi, y fue entonces cuando se dio cuenta de que se le había quedado un pedazo de espina atascada. Javi no podría volver caminando y era muy pesado para que lo lleváramos a cuestas. Tendríamos que sacar la púa para que pudiera caminar.

El sol nos quemaba la espalda, mientras nos turnábamos para tratar de sacar la púa.

—Tengo una idea —dijo Luisa de pronto. Se quitó uno de los broches que sujetaban su cabello y lo usó como pinzas. Con movimientos precisos logró sacar el pedazo de púa y por fin pudimos volver.

El camino de regreso nos pareció interminable. Yo ayudaba a Javi, quien cojeaba y lloraba a cada paso. A medida que nos acercábamos, no podía dejar de pensar que tendría que explicar cómo habíamos aterrizado en los escollos. Era claro que si decía la verdad me quedaría sin tortilla.

—¿Qué vamos a hacer ahora? —preguntó Mari.

—Tendremos que decirles lo que ocurrió —dijo Luisa con un tono muy realista.

—¡No! —dije enfáticamente—. Seguro que nos castigarán.

El resto del camino lo recorrimos en silencio. El sonido de las olas que rompían contra la costa, los gritos de los niños jugando y los de las gaviotas eran el fondo musical que acompañaba la letanía de los sollozos de Javi.

Cuando por fin llegamos a donde estaban nuestros padres, Javi lloraba más fuerte que nunca. La tía Olga lo miró un instante y exclamó:

—¡Niños! ¿Qué pasa con Javi?

Mari miró a Luisa. Luisa me miró a mí. Javi gritaba cada vez más fuerte.

—Bueno... —titubeé. Todos los ojos estaban puestos en mí—. Caminábamos por la playa buscando conchas y erizos —continué—, cuando encontré un erizo de mar pegado a un pedazo de una madera. Llamé a los otros y Javi llegó corriendo tan rápido que pisó el erizo sin querer.

Luisa y Mari me miraron sin poder dar crédito a sus oídos. Creo que no les gustó mucho mi historia.

—Déjame ver el pie, Javi —dijo la tía Olga arrodillándose al lado de su hijo para examinar la herida, mientras mami y tía Rosa la miraban.

—Está bien —dijo finalmente—. Parece que los niños lograron sacárselo.

Ante la buena noticia, las lágrimas de Javi desaparecieron para ser reemplazadas por una enorme sonrisa.

—Tengo hambre —dijo.

—Entonces vamos a comer —sugirió tía Olga.

Ante mi gran asombro, no sólo me habían creído, sino que comería la tortilla de mami.

Los hombres volvieron a su juego de dominó y las mujeres continuaron con su conversación mientras servían la comida. Al parecer nadie, salvo yo, notó lo calladas que estaban Luisa y Mari.

Mami me dio un plato lleno de mi comida preferida. La tortilla despedía un olor delicioso, pero fui incapaz de comerla. Levanté los ojos y miré a Luisa y a Mari que revolvían la comida en silencio. Miré a mami mientras se servía y se sentaba al lado de mis tías. Miré de nuevo mi plato. ¿Cómo podía disfrutar mi comida cuando sabía muy bien que había hecho algo que no debía? Sólo me quedaba una cosa por hacer. Me levanté, tomé mi plato y me acerqué a mami.

—¿Qué pasa, Fernando? —me preguntó.

Me volteé para mirar a Mari y Luisa, tragué saliva con fuerza y le entregué a mami el plato intacto.

Mami me miró sorprendida. Todo el grupo observaba en silencio mi lucha interior. Estaba avergonzado.

—Fue culpa mía —dijo Luisa—. No debí haberlos dejado ir.

—Y yo los seguí —agregó Mari.

—No, no. Fue idea mía ir al arrecife —dije, y les conté nuestra aventura. Cuando terminé, mami me miró con los ojos llenos de lágrimas.

—Tienes razón, Fernando —dijo—, debería castigarte por haber hecho algo que no debías. Podrían haberse lastimado seriamente.

—Lo sé —susurré—, y lo siento mucho.

Una pequeña sonrisa endulzó el rostro de mami quien, pasándome el brazo por encima del hombro, dijo:

—¿Sabes, Fernando? Todo el mundo puede equivocarse, pero no todos tienen la valentía de reconocer sus errores. Gracias por decir la verdad.

Esa tarde, bajo la sombra de los pinos, nos sentamos todos sobre las viejas mantas a almorzar. Comimos congrí, pan y la famosa *tortilla española* de mami. ¿Y saben qué? Ese día me supo más rica que nunca.

La Noche de San Juan

En la amurallada ciudad del Viejo San Juan, allá por los años cuarenta, todo el mundo se conocía. Los niños del vecindario jugábamos libremente en las calles estrechas, bajo la mirada vigilante de los adultos que nos observaban desde sus ventanas y balcones. El único que tenía prohibido bajar a la calle era mi solitario amigo José Manuel.

—Mira, Evelyn —susurró Amalia—, allí está mirándonos jugar.

Aitza y yo alzamos la vista. Sentado en el suelo de su balcón nos observaba entre las rejas de hierro con ojos tristes, mientras la novela resonaba en la radio de su abuela. A pesar de todos sus intentos, José Manuel no lograba convencerla de que lo dejara salir a jugar en la calle.

—¡Muchos conductores locos! ¡Muy duro el adoquinado! —decía su abuela, sacudiendo la cabeza—. ¡Muy peligroso!

Además de su miedo a los peligros de la calle, la

abuela de José Manuel era muy reservada y nunca sonreía. Todos le teníamos miedo... pero mis hermanas y yo hicimos que todo cambiara.

—Un día —anunció súbitamente Amalia—, iré a pedirle que lo deje bajar a jugar con nosotras.

Si había alguien con el valor de hacerlo, era mi hermanita Amalia, quien, aunque apenas tenía siete años, era la más osada de todas nosotras. Nunca sabíamos lo que iba a hacer al minuto siguiente. De pronto, un gesto travieso se dibujó en su rostro cubierto de pecas al ver a dos elegantes señoras doblar la esquina de la calle Sol. Cuando pasaron a nuestro lado, Amalia se deslizó furtivamente detrás de ellas y les levantó las faldas para dejar al descubierto sus enaguas con encaje.

—¡Sinvergüenza! —gritaron las señoras.

Apenas si pudimos contener la risa. Nos apresuramos a mirar hacia arriba para asegurarnos de que ninguno de los vecinos nos había visto, pues, de ser así, podíamos estar seguras de que nos regañarían en cuanto llegáramos a casa. En nuestro barrio, las noticias viajaban con rapidez.

Felizmente sólo José Manuel nos observaba con un dejo de diversión en sus ojos tristes. Satisfecha con ese público, Amalia le sonrió, hizo una reverencia y corrió hacia la vieja catedral. Mientras nos apresurábamos para seguirla, sentí pena por el amigo que dejábamos atrás.

Aquel día apenas soplaba la brisa del mar y, después de correr, sentimos mucho calor por la humedad.

—Vamos por un helado de coco —propuso Amalia, recogiéndose los rizados cabellos rojos del cuello mojado por el sudor.

—¡Sí! ¡Sí! —asentimos y, mientras caminábamos hacia el carrito de madera del heladero cerca del puerto, hablamos con entusiasmo sobre los planes para esa noche.

Era veintitrés de junio; el día de la Noche de San Juan. Según la tradición, todo el mundo va a la playa y, a las doce en punto, hay que entrar en el mar caminando de espaldas. Dicen que, si haces esto tres veces, te trae suerte. Pensé en José Manuel. "¿Quién sabe? —me dije— a lo mejor le cambia su suerte y su abuela lo deja jugar en la calle si logramos que venga hoy con nosotras."

Pensaba en esto mientras tomábamos el helado de coco sentadas sobre las nudosas raíces del viejo árbol del puerto. La idea cada vez me gustaba más y me empecé a entusiasmar mientras miraba los barcos desaparecer en el horizonte.

—¿Qué podemos hacer para que José Manuel venga a la playa con nosotras esta noche? —pregunté a mis hermanas.

—Evelyn, sabes muy bien que su abuela nunca lo dejaría —dijo Aitza—. Ya sabes lo que dirá.

30

—¡Muy peligroso! —se burlaron al unísono Aitza y Amalia.

La hora de la cena se acercaba y sabíamos que tendríamos que volver a casa pronto si queríamos que nuestros padres nos llevaran a la playa esa noche. Acortamos el camino por la plaza principal, donde encontramos grupos de hombres que jugaban al dominó mientras las mujeres charlaban sentadas alrededor de la fuente. Al llegar a la calle vimos al verdulero, que venía todas las tardes a vender frutas y verduras frescas.

—¡Vendo yuca, plátanos, tomates!

Apoyada en el balcón, una mujer robusta bajó una cesta atada con una cuerda, en cuyo interior iba el dinero que el verdulero remplazaría por dos plátanos enormes.

Al llegar a nuestra cuadra, vimos a José Manuel y a su abuela en el segundo piso. La abuela le dio dinero a José Manuel y se metió en la casa. José Manuel estaba a punto de bajar la cesta cuando se me ocurrió una idea; ésa podía ser la manera de hacer que viniera con nosotras en la noche.

—¿Y si le mandamos a José Manuel un mensaje invitándolo a venir con nosotras a la playa esta noche? —propuse.

—No funcionará —dijo Aitza—. Su abuela no querrá, y nosotras podemos meternos en un lío.

—Entonces, se lo podemos preguntar personalmente —dije.

—Pero, ¿qué excusa vamos a usar para subir? —preguntó Aitza—. Nadie sube a esa casa sin ser invitado.

—¡Un momento! Ya sé qué podemos hacer —dijo Amalia, dando saltos de alegría—. Le pediremos que deje caer algo y subiremos a devolvérselo.

Al principio Aitza se opuso a la idea, pero logramos convencerla de nuestro plan. Escribimos una nota y le pedimos al verdulero que, por favor, la pusiera al lado de las verduras en la canasta de José Manuel. Paradas en la esquina observamos con impaciencia. José Manuel abrió el papel y pareció sorprendido. Luego, llevó a su abuela los tomates que había comprado y volvió a salir con una bolita roja. Apenas se había sentado a jugar, cuando, de repente, la bolita cayó del balcón, rebotó varias veces, descendió por la calle empinada y fue a dar contra una pared. Amalia corrió detrás de ella.

—¡La tengo! —gritó triunfante entregándome el botín.

Con la bolita en la mano, subimos por los gastados peldaños del edificio y, mientras Aitza y yo esperábamos nerviosas, tratando de recuperar el aliento, Amalia golpeó con fuerza la puerta de madera. Ésta se abrió lentamente con un chirrido y apareció la abuela de José

Manuel, con una expresión tan severa como su vestido de viuda.

—¿Sí? —dijo—. ¿Qué se les ofrece?

Aitza y yo nos miramos. Las dos estábamos igual de asustadas. Sin dudar un instante, Amalia tomó la bolita de mis manos y se la mostró muy orgullosa a la abuela de José Manuel. Yo quise salir corriendo, pero una rápida mirada a la expresión desesperada de José Manuel me retuvo.

—Es de José Manuel —dijo Amalia—. Venimos a devolvérsela —respiró profundamente, dio un paso hacia delante y continuó—. También queríamos saber si él puede venir a la playa esta noche con nuestra familia.

Aitza y yo permanecimos de pie humildemente detrás de Amalia.

—¿A la playa? —preguntó la abuela de José Manuel con sorpresa mientras tomaba la bolita de las manos de Amalia.

—S-s-sí —tartamudeé—. Hoy es la Noche de San Juan y, como todos los años, nuestros padres nos llevan a la playa.

La abuela de José Manuel frunció el ceño. ¿Cómo se nos podía haber ocurrido que lo dejaría salir? Me sentí avergonzada y di media vuelta para irme, arrastrando por el brazo a mis dos hermanas.

—Un momento —escuchamos que decía la abuela

con voz áspera detrás de nosotras—. Entren a comer un *surullito de maíz*.

Fue entonces cuando sentí el aroma de las frituritas que provenía de la cocina. La abuela de José Manuel estaba cocinando surullitos para la cena.

—¡Oh, sí! —dijo Amalia siguiéndola sin vacilar. Y antes de que pudiéramos darnos cuenta estábamos sentadas en las mecedoras de la sala, al lado de José Manuel, comiendo unos deliciosos surullitos que mojábamos en una salsa de ajo. De alguna manera, sentadas allí junto a José Manuel, su abuela parecía menos intimidante. Cuando terminamos, la abuela nos agradeció la invitación y dijo que lo pensaría.

José Manuel sonrió.

Al llegar a casa, encontramos a mami esperándonos con las manos en la cintura. Acababa de hablar por teléfono con la abuela de José Manuel. Tenía razones para estar enfadada. No sólo llegábamos tarde a cenar, sino que, además, en nuestro entusiasmo, habíamos olvidado pedirle permiso antes de invitar a José Manuel. Bajamos la vista, sin saber qué hacer o decir.

—No es culpa mía. Fue idea de Evelyn y Amalia —dijo cobardemente Aitza, la miedosa.

—*Bendito,* mami —dije—. No nos castigues; nos olvidamos.

—¿Olvidamos? —preguntó mami.

—Sí, mami —dijimos al mismo tiempo—, lo sentimos mucho.

—En realidad, fueron muy amables en invitarlo —dijo mami—. Pero, la próxima vez, no se olviden de pedir permiso antes.

Esa noche, como acostumbrábamos en la Noche de San Juan, toda la familia fue a la playa, pero esta vez fue especial, porque José Manuel venía con nosotros.

La luna llena brillaba en el cielo aterciopelado. Había marea creciente y la playa bullía de jóvenes fiesteros que, como nosotros, habían esperado todo el año la irresistible inmersión en las oscuras aguas del océano. Cuando llegamos a la orilla, nos dimos la vuelta, nos tomamos de las manos y saltamos de espaldas contra las impetuosas olas del mar. Amalia tropezó, Aitza, juguetonamente, se dejó caer hacia atrás y yo, soltando su mano, hice lo mismo. Pero mi otra mano quedó firmemente aferrada a la de José Manuel. Cuando mi amigo y yo nos zambullimos por tercera vez en el mar, le deseé buena suerte y que, a partir de ese instante, su abuela lo dejara jugar con nosotras en la calle. Una ola nos levantó por el aire, y en ese momento tuve la certeza de que mi deseo se haría realidad.

La hora del té

RELATO DE ABITA

Hace mucho tiempo, durante mi infancia en Buenos Aires, mi salud solía ser muy frágil. Una vez contraje un virus muy grave que me impidió comer y beber productos lácteos durante ochenta y nueve largos días. Lo sé, porque los marqué uno por uno en mi calendario. Cuál no sería mi alegría el día que el doctor me dijo que podía volver a tomar leche. Eso quería decir que, a la hora del té, podría saborear nuevamente los *alfajores*. Esas galletas rellenas con dulce de leche eran mis preferidas. En la escuela, durante todo el día, no pensé más que en eso. No aguantaba las ganas de llegar a casa.

Por fin, la estridente campana de salida me arrancó de mis sueños. Salté de mi banco y me puse el abrigo de lana azul, la boina y los guantes que hacían juego, para protegerme del frío del mes de julio; porque mientras la mitad del mundo se calienta al sol del verano, Argentina está en pleno invierno.

—Hasta el lunes, Susana —me gritaron mis compa-

37

ñeros de clase mientras cruzaba el patio. Apenas tuve tiempo de voltear la cabeza y saludar con la mano antes de afrontar el viento y correr a casa, donde me esperaban mi mamá y la abuela Elena. Nuestro apartamento estaba a sólo dos cuadras de la escuela, pero cuanto más prisa me daba, más lejos me parecía. Trataba de llegar antes que Oscar, mi hermano mellizo, aunque sabía que me ganaría y se escurriría en la cocina para hacer el inventario de los dulces de esa tarde. A los once años de edad, yo podía ser más alta, pero él era, sin lugar a duda, más rápido, sobre todo cuando de dulces se trataba.

Ese día, la hora del té sería muy especial, porque mis tías Cecilia y Morena estaban invitadas. Por supuesto que la hora del té era deliciosa todos los días de la semana, pero cuando teníamos visitas lo era mucho más, porque en esas ocasiones la abuela Elena compraba alfajores de dulce de leche. Y aquel día, después de ochenta y nueve días de privación, podría finalmente satisfacer mi antojo. Se me hacía la boca agua sólo de pensarlo.

—Hola, querida —me saludó la abuela Elena, quitándome el abrigo y colgándolo al lado del de Oscar. Como lo había supuesto, él había llegado antes que yo. Me lavé las manos y fui a darles un beso a mis padres y a mis tías, que acababan de sentarse a la elegante mesa. Me senté al lado de mi tía Morena y Elvira apareció por la puerta de la cocina con su cofia y su delantal blancos y almidonados. Traía el té inglés humeando en la tetera de plata.

—Póngalo a mi lado, en la mesita de té, Elvira —dijo mamá.

Elvira regresó a la cocina y mamá comenzó a servir el té perfumado con su acostumbrada elegancia. Yo la observaba verter en cada taza un chorrito de leche fría y unas cucharaditas de azúcar. Estiré mi cuello para ver la bandeja de masas, pero el arreglo de rosas que hacía de centro de mesa me tapaba la vista.

Por último, mamá nos sirvió el té a Oscar y a mí. Como siempre lo hacía, pasó el plato lleno de sándwiches de miga. Luego pasó el plato de pan tostado con manteca. Cuando todos hubimos terminado los sándwiches de miga y las tostadas, llegó la hora de los dulces.

Cuando mamá levantó la bandeja de *facturas* y *scones,* vi lo inimaginable. Volví a mirar por si acaso me había equivocado, pero no, en medio de la bandeja de masas sólo había un alfajor. Tía Cecilia tomó la bandeja, eligió un scone y, con gesto ceremonioso, pasó la bandeja a la abuela, quien se sirvió una factura. Nadie había tocado el alfajor solitario. Yo no podía quitarle los ojos de encima. Papá se sirvió un scone y me pasó el resto. Mientras sostenía la bandeja, el tiempo pareció detenerse.

Todo mi cuerpo gritaba por ese alfajor, pero una mirada a mamá me bastó para comprender que no tenía alternativa. Su mirada silenciosa me prevenía contra los malos modales en la mesa. Sabía exactamente lo que estaba pensando: *Primero los invitados.* Sin que me quedara otro remedio, le pasé la bandeja a mi tía Morena. Yo sabía que a ella le gustaban los dulces tanto como a mí y esperaba que se llevara lo que había deseado por tanto tiempo, pero no lo hizo. La bandeja siguió su camino y cuando llegó a Oscar ocurrió lo peor. Con una sonrisa pícara y un gesto rápido, Oscar se llevó el alfajor a los labios y le dio un gran mordisco.

Miré a mamá con aire afligido.

—Elvira —llamó mamá en dirección de la cocina—, por favor, traiga más alfajores.

Elvira volvió de la cocina con las manos vacías.

—Señora —susurró—, no quedan más.

La miré atónita.

—¿Cómo? —preguntó mamá—. ¿No compró media docena?

—Compramos los últimos cuatro que quedaban en la panadería —dijo la abuela.

—Quiere decir que quedan tres —exclamé abruptamente.

—Han desaparecido, niña Susana —dijo Elvira, excusándose—. He buscado por todas partes y no los encuentro.

—Me pregunto qué les habrá pasado —dijo la abuela pensativa.

Oscar, que acababa de saborear sigilosamente el último bocado de su alfajor, comenzó a toser. Tosió hasta que la abuela lo disculpó y lo llevó a su cuarto. A mí me parecía que estaba fingiendo; pensé que quería irse por alguna razón. Pero, ¿cuál? La abuela regresó por el pasillo y desapareció por la puerta de la cocina.

Mis tías y mi papá siguieron charlando como si nada hubiera pasado, pero yo sabía que algo interesante estaba ocurriendo detrás de la puerta de la cocina. Tenía que saber qué era y, pidiendo disculpas, me levanté y fui tras la abuela.

De pie frente a la alacena, la abuela Elena buscaba entre las latas, cajas y botellas. Finalmente, al sacar una pila de manteles y servilletas de mesa, apareció un pequeño paquete de la panadería en un rincón del estante. Estaba agujereado y los restos de un alfajor se esparcían a su alrededor.

—¡*Qué mala pata*! —exclamó Elvira dando una palmada con las manos y comenzó a limpiar alrededor del paquete.

—¿Qué pasó? —pregunté.

—Tu hermano se comió a escondidas dos alfajores y ocultó el tercero para más tarde —dijo la abuela Elena, indicando a Elvira que debía tirar el paquete y su contenido.

—¡Pero un ratón llegó antes que él! —suspiró Elvira mientras limpiaba el estante con un trapo enjabonado—. Y ya es muy tarde para ir a comprar más.

Me quedé paralizada mirando cómo Elvira recogía las migas del precioso alfajor y las tiraba a la basura. La rabia que hervía en mí se convirtió muy pronto en incredulidad. La abuela Elena me tomó con ternura de la mano y me llevó nuevamente al comedor. Haciendo uso de mis mejores modales, forcé una sonrisa y me senté nuevamente a tomar el té.

A la mañana siguiente, cuando me senté a la mesa a desayunar, encontré vacío el lugar de Oscar. La abuela me dijo que mi hermano había pasado toda la noche despierto con una indigestión y que había amanecido muy débil. Sin embargo, a medida que pasaban las horas, Oscar comenzó a recuperar el apetito, indicio de que se sentía mucho mejor. Hasta que mamá le comunicó que, durante los siguientes ochenta y nueve días, cada vez que tuviéramos invitados a la hora del té, a mí me tocarían sus alfajores... además de los míos.

La piñata de cumpleaños

Una mañana clara y luminosa, justo antes de mi octavo cumpleaños, mami me llevó a casa de la abuela Rosa, como lo hacía todas las mañanas antes de ir al trabajo.

—Apúrate, m'ijo —dijo mami—. ¡Apúrate o perderé la camioneta!

Yo corría en medio de una nube de polvo rojo tratando de seguirla, mientras ella me jalaba de la mano por las calles estrechas de nuestra colonia, en Ciudad Juárez, México. Los vecinos que salían de sus casas para empezar la jornada nos saludaban al pasar, pero no había tiempo para detenerse a platicar. Mientras corríamos, las gotas de sudor bajaban por la frente de mamá y rodaban por su rostro cuidadosamente maquillado.

Ese día, como todos los días, mami se había puesto un vestido recién planchado, había rizado sus cabellos castaños y calzaba las sandalias de plástico que siempre usaba antes de llegar a la frontera tejana para no arruinar sus zapatos de tacón alto.

Cuando por fin llegamos a casa de Mamá Rosa, mami me acercó rápidamente su mejilla.

—Dame un beso, Roberto —dijo, mientras alisaba con su mano mis cabellos, peinándolos hacia atrás—. Hoy es día de pago. A mi regreso te llevaré al mercado para comprar la piñata que te prometí.

—¡Viva! —exclamé entusiasmado, abrazándola con fuerza. Me encantaban las piñatas de los cumpleaños de mis amigos y siempre había soñado con tener la mía propia. ¡Y ahora, mi sueño se haría realidad!

Mamá Rosa salió a recibirnos y sonrió ante tanto entusiasmo.

—Y para la cena haremos *chiles rellenos* —agregó estrechando mis hombros con sus grandes manos.

—Sí, hijo —dijo mami—. ¿No te dije que si sacabas buenas calificaciones haríamos una cena especial y tendrías una piñata para tu cumpleaños? Ahora, aplícate en la escuela y haz lo que te diga Mamá Rosa.

Mami le dio un beso de despedida a su madre y se fue.

—¡Ten cuidado al cruzar la frontera! —le gritó Mamá Rosa mientras mami se alejaba por el camino.

Mami trabajaba de lunes a viernes en El Paso, la ciudad gemela de Juárez. Todos los días tomaba una camioneta con otras mujeres que, como ella, trabajaban como niñeras o empleadas domésticas. Al llegar a la frontera estadounidense, siempre le contaba al guardia la misma historia: que cruzaba para ir de compras. Pensaba que si iba bien vestida, su historia parecería más verosímil. Al llegar a El Paso se subía a un autobús que, luego de un largo trayecto, la llevaba al extremo oriental de la ciudad, y de allí seguía a pie hasta su destino final. La mayoría de las otras mujeres se quedaban toda la semana en las casas donde trabajaban y sólo regresaban a su hogar durante el fin de semana. Mi madre no era una de ellas. Regresaba todas las noches a casa para hacernos la cena, remendar nuestra ropa y comprobar si yo había hecho mis tareas escolares. Yo era ·feliz de estar con ella todas las noches.

Cuando llegaba la hora, Mamá Rosa me llevaba a la escuela. Y, para llegar allá, cuál no sería mi suerte, había que pasar por el mercado. Desde lejos podía ver a los vendedores que abrían sus puestos y arreglaban su mercancía.

—Por favor, Mamá Rosa, ¿podemos ir a ver las piñatas? —le rogué.

—¿Cuántas veces las has visto ya? —dijo ella riendo, pero por supuesto, me dejó ir.

Dentro del oscuro mercado, caminé entre los puestos de frutas y verduras, carteras, bolsas y ropa. Por fin llegamos al que más me gustaba: el enorme puesto de pi-

ñatas. Docenas de piñatas de todos los tamaños y formas colgaban del techo. Había burros y caballos, perros y gatos, conejos y peces, e incluso una estrella plateada. Yo las miraba una por una como hipnotizado, deslumbrado por los brillantes colores del papel de china que las cubría. Después miré hacia el rincón para asegurarme de que mi piñata preferida estaba todavía allí: un enorme toro con cintas multicolores atadas a los cuernos. Era casi tan grande como yo y, de pie a su lado, podía mirar directamente a sus profundos ojos negros de papel. ¡Estaba seguro de que en aquella piñata podrían caber más golosinas que en cualquiera de las otras!

—¡Mira! —le susurré a Mamá Rosa—. Todavía está ahí el toro que yo quiero.

—Ya veremos qué piñata puede comprar tu mamá —dijo Mamá Rosa con un guiño pícaro—. Pero, por ahora, hay que ir a la escuela. A tu mami no le gustaría que llegáramos tarde.

—No te preocupes —bromeó el vendedor—. A tu regreso, las piñatas estarán aquí esperándote.

En la escuela, le conté a mi amigo Pablo sobre la piñata. Se puso tan contento como yo. Durante el día, levanté muchas veces la mano para contestar a las preguntas del maestro. Esperaba que así el día pasara más rápidamente, pero fue más largo que nunca.

Esa tarde, en casa de Mamá Rosa, hice mi tarea mientras esperaba que mi mamá regresara de su trabajo. Seguía pensando en la piñata y en lo que pondríamos dentro. En nuestra colonia, cuando alguien tiene una piñata, la cuelga en la calle y todos los niños están invitados a participar en la fiesta. Yo rogaba que no vendieran mi torito antes de que mamá y yo llegáramos al mercado.

Cuando comenzó a anochecer, me senté en los escalones de madera del frente de la casa de Mamá Rosa, perdido en mis pensamientos. La sombra del saguaro que crecía junto a la casa se fue haciendo cada vez más larga, hasta que desapareció en la oscuridad. ¿Dónde estaba mami? Nunca me había quedado hasta tan tarde en la casa de mi abuela. ¿Estaría todavía abierto el mercado? Detrás de mí oía a Mamá Rosa que, impaciente, daba vueltas en la cocina. Comencé a tener hambre.

En eso llegó papá. Al no encontrarnos en casa, se había preocupado y había decidido ver si todavía estábamos en casa de Mamá Rosa. Los vi hablar en voz baja dentro de la casa. Mamá Rosa parecía ansiosa mientras ponía la mesa. Los tres nos sentamos a cenar unos *frijoles* en silencio.

Por fin, ya muy de noche, llegó mami. En cuanto cruzó el umbral de la puerta, nos levantamos para recibirla. Parecía agotada.

—¡No me van a creer el día que tuve! —exclamó. Estaba sin aliento—. Esta mañana me detuvieron en la frontera. Me tuvieron horas haciéndome todo tipo de preguntas. Que qué iba a comprar... que cuánto iba a gastar... que a qué tiendas iría... Estaba tan nerviosa que ni siquiera supe qué contestar. Cuando me dejaron ir, era tan tarde que pensé que había perdido mi trabajo. Lo bueno es que la señora Smith no se enojó, pero tuve que trabajar para recuperar el tiempo perdido.

Mami se dejó caer a mi lado en el pequeño sillón, con la cabeza entre las manos.

—Tuve mucho cuidado de regresar después del cambio de la patrulla fronteriza —concluyó.

—Esto no me gusta nada —se quejó Mamá Rosa—. ¿Qué pasaría si los guardias decidieran hacer un informe? Podrías terminar en la cárcel. ¿No puedes renunciar a ese trabajo?

—No —contestó mami llorando—. Necesitamos el dinero que traigo a casa.

—Es verdad que con el dinero que ganas podemos comprar muchas cosas —dijo papá—, pero no vale la pena si te pone en peligro. Podemos privarnos de algunas de ellas.

—¿Como qué? —preguntó mami—. ¿Los zapatos de escuela de Roberto? ¿La comida? ¿Los remedios de Mamá Rosa?

50

Era casi la medianoche cuando dejé caer la cabeza sobre el regazo de mami. Ella me acarició los cabellos mientras conversaba con papá y Mamá Rosa. Poco a poco sus voces se hicieron lejanas, muy lejanas, hasta que desaparecieron en mis sueños.

A la mañana siguiente, desperté en mi habitación. Papá me había llevado en brazos a casa. Sentada al pie de mi cama, mami me cantaba *Las mañanitas*. Aunque estaba todavía medio dormido, comprendí que era mi cumpleaños.

—Esta noche comeremos tu cena preferida —dijo mami cuando terminó la canción—. Mamá Rosa me ayudará a prepararte los chiles rellenos.

—Gracias, mami —susurré. Iba a preguntar si todavía tendría la piñata, pero recordé lo molesta que había estado la noche anterior, así que pensé que sería mejor no mencionarlo.

—Vístete ya. Después del desayuno irás con tu papá de compras. Yo tengo que limpiar la casa.

Pasé toda la mañana con papá en la *tlapalería*. Compramos varias cosas que él necesitaba para un trabajo de construcción. La tlapalería estaba cerca del mercado, así que, mientras papá pagaba, corrí hasta el puesto de las piñatas. Los burros y los caballos, los perros y los gatos, los conejos y los peces brillaban y la estrella plateada brillaba más que nunca, pero había algo extraño. El rincón donde antes estaba mi enorme toro ahora estaba vacío.

¡Mi piñata había desaparecido!

El ardiente sol del desierto estaba muy alto cuando llegamos a casa. En la cocina encontré a mami asando los chiles poblanos en el *comal*. Cuando terminó, Mamá Rosa los rellenó con queso.

—Roberto —dijo mami—, ve a lavarte las manos y tráeme tres tomates grandes y maduros de la huerta. Los necesito para hacer el *pico de gallo*.

Lentamente me dirigí hacia la huerta. A pesar de mi entusiasmo por la cena, sentí que, sin mi piñata, mi cumpleaños no sería igual.

Afuera vi a papá platicando con uno de los vecinos mientras ataba una cuerda al techo de su casa. Se inclinó para abrir una enorme bolsa y, muy lentamente, fue sacando lo que había dentro. Lo primero que alcancé a ver fue una cabeza con cuernos, después apareció el enorme cuerpo rojo.

—¡Papá, papá! —corrí hacia él—. ¡Es mi piñata! ¡Justo la que yo quería!

—Ya lo sé —dijo—. Mami y Mamá Rosa la compraron esta mañana.

Fui corriendo a buscar a Pablo, pero me detuve al escuchar su voz detrás de mí. Venía corriendo hacia nosotros, seguido de unos veinte niños de la colonia, que formaron una fila para romper la piñata con un palo de madera. Cuando estuvieron todos formados, papá vendó los ojos del primero. Los otros niños miraban y coreaban: "¡Dale, dale, dale! no pierdas el tino, porque si lo pierdes, pierdes el camino".

Cuando llegó mi turno, el toro ya había perdido un cuerno y una pata. Papá me vendó los ojos.

—¡Dale Roberto! —corearon mis amigos—. ¡Dale! —levanté los brazos muy· alto y le di a la piñata con todas mis fuerzas. Escuché un ruido sordo y, al quitarme la venda, comprobé que sólo había caído una naranja.

—¡Ahora me toca a mí! —exclamó Pablo. Le dio dos fuertes golpes y, con el segundo, una lluvia de jugosas naranjas, caramelos, cacahuates y trozos de caña de azúcar cayó de la piñata que colgaba hecha añicos. ¡Mi piñata tenía más golosinas que cualquiera de las que había visto en·mi vida! Entre risas y gritos, los niños se arrojaron al suelo para recoger lo más que podían. Cuando me levanté con las manos llenas, vi que mami me miraba con ternura.

La tarde pasó lentamente y uno a uno mis amigos se fueron. Todos menos Pablo. Mamá Rosa había invitado a sus padres a nuestra cena. Mis tíos y los padres de Pablo platicaban durante la cena.

—Feliz cumpleaños, Roberto —dijo mami mientras me servía dos chiles rellenos recién hechos, *tortillas de harina* calentitas, frijoles y pico de gallo.

—Victoria —preguntó Mamá Rosa—, ¿volverás a trabajar el lunes?

—Sí, mamá —dijo mami—. Tengo que ir.

—¿No crees que pueden detenerte de nuevo? —le preguntó con ansiedad.

Mientras Pablo y yo comíamos los chiles calientes rebosantes de queso derretido, mami se acercó y me dio un beso en la frente.

—¿Qué te pareció tu cumpleaños? —me preguntó.

—¡Ha sido el mejor que jamás haya tenido! —le contesté.

Mamá Rosa y mami se miraron sonrientes.

—Ahí tienes la respuesta a tu pregunta —le dijo mami a su madre.

El Señor de los Milagros

Hace muchos años, en una tarde brumosa de octubre, en Lima, Perú, observaba yo a mi madre hornear el *turrón de doña Pepa*. A pesar de que todos los años hacía lo mismo antes de la procesión del Señor de los Milagros, nunca le había preguntado por qué.

—¿Por qué siempre haces turrón en octubre? —le pregunté—. ¿Por qué es el único momento del año en que se vende?

—¿Por qué... por qué...? —suspiró mamá mientras rociaba el turrón recién hecho con confites de colores—. Siempre haciendo preguntas, Josefa. ¿Por qué? Porque éste es el mes del Señor de los Milagros.

No contenta con la respuesta, continué con mis preguntas.

—¿Quién era doña Pepa? ¿Por qué tanta gente se viste de morado en esta época?

Finalmente, harta de tantas preguntas, mamá me dijo:

—Te contaré la hermosa historia del turrón. Después

de todo, llevas el nombre de su creadora, Josefina Marmanillo.

Me dio un pedazo del dulce glaseado de miel y me llevó al balcón, donde nos sentamos juntas. Mientras mirábamos pasar por la calle la extraordinaria procesión, me contó esta historia.

Todo comenzó en la época de la Colonia, cuando Lima era la tierra de los indios quechuas. También vivían allí los colonizadores españoles y los *morenos* traídos de África como esclavos. Entonces había en el interior de las murallas de piedra de la ciudad, un viejo edificio con techo de paja. Algunos dicen que era una leprosería; otros, que era una hermandad de indios y morenos; y hay quienes sostienen que se trataba de un caserón de esclavos africanos. Lo cierto es que en una de las altas paredes de adobe de ese edificio, un esclavo de Angola había dibujado la imagen bellísima de un Cristo negro.

Unos años más tarde, en 1655, un poderoso terremoto sacudió la ciudad de Lima destruyéndolo todo, desde los palacios de gobierno, las mansiones y los monasterios, hasta las casas más humildes. Miles de personas murieron en medio de los terribles temblores. Pero en las horas que siguieron a la destrucción, los sobrevivientes se agolparon sobre los escombros de un viejo edificio para ver algo excepcional. ¡El frágil muro de adobe donde estaba pintada la imagen del Cristo negro permanecía intacto!

Los rumores corrieron como la pólvora entre los esclavos y pronto la inquietante imagen del Cristo negro se convirtió en fuente de numerosos milagros. Dicen que algunos creyentes se sanaron de enfermedades incurables. Otros juraron haber obtenido favores largamente esperados. Con el tiempo, la imagen se conoció con el nombre de *Señor de los Milagros*. Hacia el año 1700 se construyó una iglesia para albergar la imagen, y las monjas de hábitos morados del convento vecino se convirtieron en guardianas del santuario. Fue esa época en que vivió Josefina Marmanillo. Josefina era una esclava que trabajaba en una plantación algodonera del valle costeño al sur de Lima. Conocida por todos como "doña Pepa, la morena", pasaba largas horas en la cocina de la plantación, picando, pelando, moliendo y amasando con sus manos viejas y arrugadas. Mientras trabajaba, jamás dejaba de cantar, ni en los días en que el calor tórrido del desierto quemaba. Sólo lo hacía para reír cuando uno de los niños se escurría para robar alguno de sus deliciosos dulces.

Un día, mientras trabajaba en la cocina, sintió una debilidad en todo el cuerpo. Al poco tiempo se dio cuenta de que tardaba más tiempo en hacer su trabajo.

Con el transcurso de los días le era casi imposible realizar la más simple de las tareas. Su alegre risa fue desapareciendo y poco a poco la parálisis se extendió a sus brazos. Fue entonces cuando su amo la dejó en libertad. Tantos años dedicados a deleitar a todo el mundo con sus exquisitos manjares y ahora doña Pepa era una inválida.

Fue durante un mes de octubre cuando doña Pepa cobró nuevas esperanzas al oír hablar del Señor de los Milagros y de la procesión que tendría lugar en su honor. La morena creía que se curaría si se unía a la caravana y seguía de rodillas la efigie del Cristo, como sacrificio al Señor de los Milagros. Así que decidió tomar el barco que iba a la capital.

La anciana esclava, ahora libre, llegó a Lima un frío día de octubre. La densa *garúa* que flotaba sobre la ciudad y ocultaba el sol le daba un aire de tristeza sólo comparable con el de la procesión misma. Doña Pepa divisó el Cristo en la distancia y, uniéndose a los fieles que lo seguían, se dejó caer de rodillas. Rodeada de gente que, como ella, ponía todas sus esperanzas en el Señor de los Milagros, y en medio de la letanía monótona de las plegarias, doña Pepa acompañó la imagen del Cristo por duros caminos de tierra y calles de adoquín sin fin, hasta que sus rodillas sangraron y su falda quedó convertida en harapos. Durante largas horas soportó el dolor, hasta que, cuando ya no pudo más, sintió un hormigueo que comenzó en la punta de los dedos y subió por los codos hasta los hombros. ¿Habrían sido escuchadas sus plegarias? Lentamente juntó las manos y se pellizcó los brazos. ¡Podía moverlos, al igual que las manos! Se dejó caer al suelo llorando. El Cristo la había escuchado.

—¡Ay, Señor de los Milagros! —murmuró—. Haré lo que me pidas.

Doña Pepa pasó las siguientes semanas pensando en la manera de agradecer al Señor de los Milagros. Finalmente, la respuesta le vino en un sueño. Soñó con miel de azahar perfumada con limones y rociada de anís. Cuando despertó en la mañana, corrió a su pequeña cocina e inventó un delicioso turrón. Una vez terminado el exquisito dulce, lo puso en una bandeja y se dirigió a toda prisa al atrio del santuario del Cristo moreno, donde los pobres acostumbraban reunirse. Ahí ofreció el turrón a los hombres, mujeres y niños aglomerados.

Al principio, doña Pepa contó su historia a quienes le preguntaban por qué hacía eso. Luego se la contó a quien quisiera escucharla. Dicen que, hasta su muerte, preparó cada mes de octubre una gran cantidad de su dorado manjar para los necesitados, y que, mientras contaba su historia, alimentaba en cada uno de ellos la esperanza de que se realizara su propio milagro.

*   *   *

Mamá terminó la historia así:

—¿Sabes, Josefa querida, que desde que comenzaron las procesiones en honor al Señor de los Milagros en 1687, Lima ha presenciado cientos de ellas? Tú has visto cómo, año tras año, miles de fieles cubiertos con mantos color morado, como los de las primeras guardianas del Cristo moreno, vienen a profesar su fe. Has visto también cómo, al paso de esta procesión, los edificios se engalanan con hermosas guirnaldas de flores color morado. Has escuchado los cantos y las plegarias que se mezclan con la fragancia del incienso bajo la pálida luz de los cirios. También has visto el altar de oro y plata en el que llevan por las calles de Lima la imagen del Señor de los Milagros. Pero entre todas las ofrendas de incienso, mirra y canciones ofrecidas al Cristo moreno, ninguna se iguala a la del humilde regalo de la morena. Es por eso —continuó— que en este día, en cada esquina de la ciudad, se vende el delicioso turrón: para recordarnos lo que la verdadera fe en el Señor de los Milagros nos puede brindar.

Estecuento es el relato de Doña Josefa.
Ella describe un cuento que toma lugar en Lima.
Durante el siglo XVIII, era muchas personas
infermas en Lima, Perú. En el cuento, hay una
persona que se llama Josefa Marmantllo. Era una
esclava. Cuando era vieja, ella era inválida. Pero
el Señor de los Milagros le dió toda la salud a ella.

Aguinaldo

Durante mi infancia en Puerto Rico, fui a un colegio católico de niñas. Cada mes de diciembre, la hermana Antonia, nuestra maestra de religión, insistía en que el sexto grado visitara el asilo de ancianos de Santurce. Ella pensaba que llevar el espíritu navideño a los ancianos y enfermos era una experiencia que todas las estudiantes de sexto grado debían tener. Pero cuando yo estaba en quinto grado, la hermana Antonia decidió que nuestra clase era lo suficientemente madura como para unirse a las niñas mayores y pasar también por esa experiencia.

—Yo no iré —susurré al oído de mi amiga Margarita.

—Tendrás que hacerlo, Marilia —dijo—. Todas tenemos que ir.

Todas mis compañeras estaban deseosas de hacer el viaje. Algunas, porque les gustaba el traqueteo de la vieja guagua; otras, porque ese día no habría clases y no tendrían asignaciones para la casa, y había algunas que creían que participar en una actividad de sexto grado, estando en quinto, era algo muy especial. Pero a mí, como la única abuela que había conocido había muerto en un asilo, la sola idea de visitar uno me entristecía tanto que prefería no ir.

Cuando me senté en mi pupitre a colorear la tarjeta de Navidad que me habían asignado para una de las residentes, traté de pensar cómo podría escaparme de esa visita. A lo mejor podría ayudar en la biblioteca, o podría pasar el día en la escuela escribiendo un informe especial sobre algún libro. O, mejor aún, podría despertarme enferma y faltar a la escuela. Cuando sonó la campana del recreo, corrí a la biblioteca y puse a prueba mi primer plan.

—Hola, Marilia —me saludó la señora Collazo.

—Hola, señora Collazo —dije con mi sonrisa más dulce—. Venía a preguntarle si me podría quedar mañana a ayudarla a hacer el cartel de la feria de libros. De verdad, no me molestaría pasar todo el día en la biblioteca.

—¿No tienes que ir de excursión mañana? —preguntó la señora Collazo.

—Mi clase va, pero yo podría excusarme si usted me necesita —la bibliotecaria me agradeció y me dijo que si quería ayudar, podía unirme a las otras estudiantes que ya se habían apuntado para quedarse después de clase a hacer los carteles. Mordiéndome los labios, abandoné la biblioteca a toda velocidad. Era hora de poner a prueba mi segundo plan.

Afuera, sentadas en las losetas lustradas del corredor, mis amigas participaban en un torneo de *jacks,* pero en lugar de reunirme con ellas, fui directamente a la clase de sexto grado. Cuando entré en el salón, la hermana Antonia estaba en su escritorio corrigiendo los ejercicios de clase.

—Hermana Antonia —dije en voz baja.

—Sí, Marilia —contestó.

Miré por un momento las hebillas de mis zapatos; luego, sin levantar la mirada, suspiré profundamente, alisé hacia atrás mis rizos negros y pregunté:

—¿Podría quedarme mañana en la escuela para hacer un informe extra de algún libro?

—Me temo que no, Marilia —dijo con firmeza la hermana Antonia—. Mañana vamos de visita al asilo de ancianos. Van el quinto y el sexto grados, pero si quieres hacer un informe de algún otro libro, puedes hacerlo este fin de semana.

Miré de reojo las bandejas de *besitos de coco* que las estudiantes de sexto grado habían preparado para llevar a los residentes del asilo como aguinaldo. Era agradable recibir en Navidad esos regalos sorpresa llamados aguinaldos, pero a mí no me interesaban porque yo no iba a ir. Susurré las gracias a la hermana y me fui.

Esa noche, durante la cena, puse en marcha mi tercer plan. Para gran sorpresa de mis padres, me serví dos enormes raciones de arroz con habichuelas; de postre, dos porciones del *tembleque* de mamá y tres vasos de jugo de *mangó*. Nunca comía tanto. Pensé que, con toda esa comida, seguramente pescaría una indigestión. Me fui a la cama y esperé. Di vueltas y vueltas. Esperé durante horas que viniera el dolor de estómago, pero, en su lugar, la pesada cena me causó somnolencia y me quedé profundamente dormida.

—¡Marilia, es hora de vestirte! —gritó mamá muy temprano a la mañana siguiente—. ¡Tenemos que salir pronto para la escuela!

¡Qué mala suerte! Me desperté sintiéndome de maravilla. No me quedaba más que una cosa por hacer. Corrí al baño, dejé correr el agua caliente y me tomé un vaso enorme. Luego regresé a la cama.

—¡Marilia! —exclamó mamá al entrar—. ¡Levántate! ¿Qué te pasa?

—Creo que tengo fiebre, mami —masculié.

Mamá me miró preocupada y me tocó la frente y el cuello. Salió de la habitación y volvió unos minutos después con un termómetro. Abrí la boca y lo colocó bajo mi lengua.

Cuando hubo pasado el tiempo necesario, mamá sacó el termómetro y leyó el resultado.

—¿Ciento seis grados? —exclamó—. No puede ser. A mí me parece que estás perfectamente bien.

Después de un pequeño interrogatorio, confesé lo que había hecho y le dije las pocas ganas que tenía de visitar el asilo.

—Mira, Marilia —me aconsejó—, quizá te guste después de todo. Además, le prometí a la hermana Antonia dos bandejas de *tembleque* para llevar de aguinaldo a los residentes del asilo.

No había escapatoria. Tenía que ir.

En el gran vestíbulo del asilo de ancianos, guirnaldas de papel colgaban de las altas ventanas. Los residentes estaban por todos lados; algunos sentados en los sofás, otros en sillas de ruedas, otros caminaban apoyados en sus andadores. Una enfermera distribuía píldoras a un grupo de hombres. La hermana Antonia sacó su guitarra y con el primer acorde empezamos a cantar una selección de villancicos. Algunas de las niñas la acompañaban con *maracas, güiro* y *palitos,* y los residentes aplaudían y cantaban. Mientras tanto, las estudiantes de sexto grado nos entregaban las tarjetas que distribuiríamos más tarde. Al observar lo felices que estaban los ancianos con la música, los recuerdos de mi abuela se atropellaron en mi memoria, llenándome de tristeza. De pronto, vi que todas las estudiantes estaban hablando con los residentes. Yo estaba sola y no quería acercarme a ninguno de ellos. Quizás podría retirarme disimuladamente hasta que se acabara la visita. Vi una silla contra la pared amarilla y me senté muy quieta con la tarjeta que había hecho en la mano.

Al otro lado de la habitación, en una silla de ruedas, estaba una anciana de aspecto frágil. Ella también estaba sola. Miré nuevamente mi tarjeta. Era más bien bonita; la había coloreado con tonos de azul y dorado. Tal vez podía acercarme a la anciana, darle la tarjeta y partir. Le alegraría el día. Cautelosamente crucé el vestíbulo y me detuve a su lado.

—¿Quién está ahí? —preguntó la anciana arreglándose coquetamente el rodete de cabellos plateados con un delicado toque de su mano bien cuidada.

—Me llamo Marilia —le dije—. Le he traído una tarjeta.

—Dios te bendiga —dijo la anciana.

Trató de alcanzar la tarjeta, pero su mano no estaba ni remotamente cerca. Su mirada estaba perdida en la lejanía. Me arrodillé para poner la tarjeta en sus manos y al instante, vi las grandes nubes que opacaban sus ojos. Era ciega. ¿De qué serviría mi tarjeta si no podía verla? Me sentí traicionada y me levanté para volver a mi silla.

—Me llamo Elenita —dijo, mientras yo trataba de alejarme—. Dime, Marilia, ¿qué hay en la tarjeta?

Me volví a arrodillar y describí a los tres reyes magos

que había dibujado de la manera más vívida que pude. Los curiosos dedos de Elenita acariciaban cada centímetro de la tarjeta. No podía haberse sentido más feliz si la hubiera visto con sus propios ojos.

Cuando pasaron los besitos de coco, ella, con una expresión traviesa, pidió dos.

—Apuesto que a ti no te permiten comerlos —me dijo con picardía.

—No —contesté—. La hermana Antonia nos dijo que los dulces son sólo para los residentes.

—Bueno —susurró—. Nadie dijo que no podía darte uno de los míos.

Elenita me cayó muy bien. Me llevé el besito de coco a la boca y lo saboreé doblemente; sobre todo porque me estaba prohibido. Me gustó ser cómplice de su travesura. Después de eso, me preguntó si me gustaba la música y si sabía bailar.

—¡Ay! —dije—. Me encanta escuchar música y bailar.

Entonces me contó que, en su juventud, había sido una gran bailarina.

—Sabía bailar tan bien que los muchachos hacían cola para pedirme un baile. Alguna vez tuve muchos, muchos pretendientes —agregó—. Algunos me tocaban serenatas al anochecer y otros me traían ramos de flores, pero no salí con todos. Hay que elegir con cuidado, ¿tú sabes?

Fuimos interrumpidas por la hermana Antonia, que anunciaba que era hora de subir a la guagua y volver a la escuela. Yo no quería irme.

—Gracias por tu tarjeta, Marilia —dijo Elenita extendiendo la mano para estrechar la mía—. La guardaré como recuerdo.

—Siento mucho que no pueda verla —dije apretando su mano que por un momento sentí tan cálida y bondadosa como la de mi propia abuela—. Me hubiera gustado traerle un mejor aguinaldo.

—El mejor aguinaldo, Marilia —dijo Elenita—, fue tu visita.

Cuando partimos, me sentí como si flotara en una nube. En el viaje de regreso, le conté a mi amiga Margarita todo sobre mi visita. Estaba ansiosa por volver al año siguiente con el sexto grado. Ya sabía lo que le llevaría a Elenita. Le haría un *collage*. Así podría sentir las diferentes texturas de las formas, aun cuando no pudiera verlas. Podría dibujarla a ella bailando; sabía que había sido muy bonita en su juventud.

—¿Esperarás hasta la Navidad próxima para entregarle el *collage?* —preguntó Margarita.

Me quedé pensativa por un momento.

—Quizá mamá pueda traerme antes.

Al mirar por la ventanilla, recordé lo agradable que fue darle la mano a Elenita. Es gracioso cómo a veces las cosas cambian cuando uno menos lo espera. Esa mañana no quería ir al asilo y ahora estaba impaciente por regresar a visitar a mi nueva amiga. Habíamos ido al asilo de ancianos a llevar aguinaldos y al final fui yo la que recibió el mejor aguinaldo: la amistad de Elenita.

El regalo de Carmen Teresa

—¡**Bueno**! —dice abuelito desde la cabecera de la mesa después de escuchar la última historia—. ¡Qué hermosas historias! ¡Todas!

—¡Sí, oh, sí! —contesta un coro de voces—. ¡Hermosas historias!

Abuelito parece contento.

—Ahora dinos, Carmen Teresa, ¿cuál de esos relatos escribirás primero?

Me dispongo a contestar, pero todos lo hacen en mi lugar.

—Los escribirá en el orden en el que se contaron —dice mamá—. Es la manera más justa.

—No, no —dice abuelita—. Son muchos. Sólo debería escribir los que más le gusten.

—Vi que Carmen Teresa reía cuando conté el mío —Abita confía a abuelita—. Estoy segura de que lo elegirá —y abuelita hace un gesto de aprobación.

Tío Robert piensa que debo escribir todo lo que me acuerde. Tía Marilia se ofrece generosamente a escribir su relato.

—Será más fácil para ti —me asegura.

De pronto, Flor aparece desde la cocina con otra bandeja de *natillas y flan de coco*. Después de que todos se han servido una segunda porción, me susurra al oído que no tengo por qué incluir su historia si no hay espacio, pero sé muy bien que espera que lo haga.

—¡Carmen Teresa! —dice mi hermana Laura desde la otra punta de la mesa. Ya ha terminado su natilla y lame su cucharita antes de servirse una tercera porción, pero mamá la detiene—. Después de que escribas esas historias en tu cuaderno —dice dulcemente—, haré un dibujo para cada una de ellas.

—¡Ah, ésa es una gran idea! —dice el abuelo Jaime—. Pueden trabajar juntas en el libro.

A esa altura todos me han dicho lo que creen que debo hacer con mi regalo. Los niños ya han perdido el interés en la discusión y bajan corriendo al sótano a jugar, y justo cuando estoy por unirme a ellos, la voz profunda de abuelito me detiene.

—¡Carmen Teresa! —ordena—. Comencemos ahora mismo. Siéntate a mi lado y escribamos juntos mi historia. Laura puede ir haciendo los dibujos.

—No —mi voz sale más fuerte de lo que hubiera querido. Inmediatamente todos se quedaron en silencio.

—¡Carmen Teresa! —me regaña mamá.

—¿Por qué no dejan que Carmen Teresa decida por

sí misma lo que quiere hacer con su regalo? —sugiere doña Josefa—. Después de todo, el regalo fue para ella.

Todos esperan ansiosos que hable. Yo sé exactamente lo que quiero hacer. Abrazo mi libro en blanco y miro a cada uno de los amigos y familiares que me rodean.

—En todas las historias, ustedes han mencionado algún plato especial. Quiero recoger las recetas de todos ellos en mi libro. Y agregaré las recetas de los platos que mamá ha servido hoy.

—Es una idea maravillosa, Carmen Teresa —dice doña Josefa.

—Sí —asiente abuelito—, y abuelita podrá finalmente decirte cómo se hace la tortilla española —y se ríe mientras toma la mano de abuelita—. Le ha llevado todos estos años aprender a hacerla de la misma manera que la solía hacer mi mami.

—Puedo darte también la receta de los surullitos de José Manuel —agrega abuelita—. Son tan buenos como los de su abuela.

—Pero la mejor receta de alfajores argentinos —exclama Abita—, es la que yo hago.

Y mientras todos hablan alegremente de sus recetas, doña Josefa se dirige a mí.

—Estoy muy contenta de que te haya gustado mi regalo, Carmen Teresa. Cada vez que prepares una receta recordarás la historia que va con ella. Y cada vez que alguien pruebe alguno de los platos, tal vez también tenga una historia que contar.

Contenta de haber encontrado una manera de hacer mío este presente, le pido a doña Josefa su pluma y abro el libro en la primera página. Entonces, con mi caligrafía más florida, escribo:

El libro de las fantásticas recetas de familia de Carmen Teresa

Soplo suavemente la tinta fresca y cierro el libro. Mañana comenzaré a recopilar las recetas.

El libro de las fantásticas recetas de familia de Carmen Teresa

Arroz con pollo
RECETA DE MAMÁ

PUERTO RICO

2½ libras de muslos de pollo

jugo de 2 limones verdes

Adobo *

1 onza de tocino cortado en cubitos

2 onzas de jamón cocido cortado en
    cubitos

2 cucharadas de aceite de oliva

4 dientes de ajo pelados y machacados

1 cebolla grande pelada y picada

2 pimientos verdes picados

1 tomate picado

aceitunas rellenas de pimientos morrones

alcaparras

3 tazas de arroz de grano largo

3½ tazas de agua

1½ cubos de caldo de pollo

¼ taza de pasta de tomate

2 sobres de Sazón *

½ taza de cilantro picado

sal y pimienta

* Se vende en las tiendas de productos latinos.

Cubre el pollo con el jugo de limón, espolvorea generosamente
con el Adobo y deja reposar en el refrigerador durante la noche.

En un caldero, dora el tocino y el jamón en aceite de oliva sobre fuego moderado. Agrega el ajo y el pollo adobado. Reduce el fuego. Dora el pollo durante 5 a 10 minutos. Luego, retíralo y déjalo a un lado. Agrega al caldero la cebolla, el pimiento verde y el tomate y sofríe hasta que estén blandos. Pon nuevamente el pollo, las aceitunas y las alcaparras. Agrega el arroz, el agua, los cubos de caldo de pollo, la pasta de tomate, Sazón, cilantro, sal y pimienta. Revuelve bien. Tapa el caldero y sube el fuego hasta que hierva. Luego baja el fuego y cocina a fuego lento durante 20 minutos. Revuelve el arroz con una cuchara de madera. Apaga el fuego y deja el caldero tapado en el mismo lugar unos 10 a 15 minutos adicionales.   *Alcanza para 6 a 8 porciones.*

Pide a un adulto que te ayude cuando frías o cocines algo.

Yuca con mojo criollo
RECETA DE MAMÁ

PUERTO RICO

YUCA

2½ de yúca congelada (también se conoce como cassava) *

agua

sal

jugo de un limón

salsa de mojo criollo *(ver receta más abajo)*

* Se vende en las tiendas de productos latinos.

Pon la yuca en un gran caldero. Cubre la yuca con agua y espolvoréala con sal. Deja que hierva por lo menos 1 hora. Entretanto, prepara el mojo criollo.

Cuando la yuca esté bien blanda, retírala del agua con una espumadera y ponla en una fuente. Rocíala con el jugo de limón y sal a gusto. Báñala con el mojo criollo. Sírvela inmediatamente.

Mojo Criollo

4 cebollas grandes peladas y cortadas en rodajas finas

6 dientes de ajo pelados y cortados en rodajitas

1 taza de aceite de oliva

4 hojas de laurel

1 cucharadita de pimienta en grano

En una cacerola grande, sofríe las cebollas y el ajo en aceite de oliva hasta que la cebolla esté blanda, pero todavía blanca. Agrega las hojas de laurel y la pimienta en grano. Tapa la cacerola y cocina a fuego lento durante una ½ hora.

Alcanza para 8 porciones.

Pide a un adulto que te ayude cuando frías o cocines algo.

Bacalao a la vizcaína

RECETA DE FLOR

GUATEMALA

1 libra de filetes de bacalao seco*

agua

1 lata de 6 onzas de pasta de tomate

½ taza de aceite de oliva

¼ de taza de aceitunas rellenas de pimientos morrones

1 cucharada de alcaparras

2 dientes de ajo pelados y machacados

1 hoja de laurel

4 papas medianas peladas y cortadas en rodajas finas

2 cebollas medianas, peladas y cortadas en rodajas finas

* Se vende en las tiendas de productos latinos

Cubre el bacalao con agua fría y déjalo en remojo durante 4 horas, cambiando el agua dos veces. Retira el bacalao y escurre el agua. Ponlo a hervir en una olla con 8 tazas de agua durante 15 minutos. Escurre y deja enfriar. Quita la piel y las espinas y desmenúzalo.

Mezcla la pasta de tomate concentrado con una 1 taza de agua y el aceite de oliva y revuelve hasta que quede uniforme. Agrega las aceitunas, las alcaparras, el ajo y la hoja de laurel.

En una sartén grande, pon capas alternadas de la mezcla de tomate, de papas, de bacalao y de cebolla. Tapa la sartén y cocina durante 30 minutos o hasta que las papas estén blandas. Sirve en una fuente. *Alcanza para 4 a 6 porciones.*

Pide a un adulto que te ayude cuando frías o cocines algo.

Torrejas
RECETA DE FLOR
GUATEMALA

TORREJAS

½ libra de pan francés

1 taza de leche

canela molida al gusto

3 huevos ligeramente batidos

aceite vegetal para freír

Para preparar las torrejas, corta el pan en rodajas de ½ pulgada de espesor. Remójalas en la leche. Sácalas con una espumadera y ponlas en una bandeja de hornear. Espolvorea con canela los dos lados de las rodajas. Sumérgelas en los huevos batidos y retira con una espumadera. Fríe las rodajas de pan en aceite caliente hasta que los dos lados queden dorados. Retíralas y ponlas sobre papel absorbente. Distribuye las rodajas en tazones. Sirve con almíbar (ver la receta más abajo).

ALMÍBAR

2 tazas de azúcar   1 palillo de canela

1 taza de agua   ralladura de un limón verde

½ cucharadita de sal

Para hacer el almíbar, mezcla en una cacerola el azúcar, el agua, la
sal, el palillo de canela y la ralladura de limón. Pon a hervir sobre
fuego alto unos 20 minutos sin revolver, hasta que el almíbar se
espese. Vierte el almíbar sobre las torrejas. Deja que el almíbar se
enfríe un poco antes de servir. Acompaña las torrejas con un gran
vaso de leche.   *Alcanza para 4 porciones*

Pide a un adulto que te ayude cuando frías o cocines algo.

Horchata

RECETA DE FLOR

GUATEMALA

1 taza de semillas de ajonjolí   ½ taza de azúcar

6 tazas de agua   hielo

Remoja las semillas de ajonjolí en 4 tazas de agua durante 3 horas. Escurre el agua. Machaca las semillas en un procesador o en
un mortero. Agrega dos tazas de agua tibia a las semillas y cuela
la mezcla con una muselina en un recipiente. Agrega el azúcar,
mézclalo y ponlo en el refrigerador a enfriar.

Revuelve bien y sírvelo en vasos grandes con hielo.

Alcanza para 4 vasos.

Tortilla española

RECETA DE FERNANDO

CUBA

¼ taza de aceite de oliva

1 cebolla grande pelada y picada

1 ¼ cucharadita de sal

1 chorizo español*, pelado y cortado
(opcional)

1 libra de papas nuevas, lavadas y cortadas en pequeños trozos irregulares.

6 huevos grandes

⅛ cucharadita de pimienta molida

* Se vende en las tiendas de productos latinos.

Pon el aceite, la cebolla, ¼ cucharadita de sal y el chorizo (opcional) en una sartén de 10 pulgadas de diámetro que no se pegue. Sofríe a fuego bajo durante 10 minutos revolviendo de vez en cuando. Pasa por un colador y guarda el aceite. Pon la cebolla a un lado y pon el aceite nuevamente en la sartén al fuego. Agrega las papas y ¼ de cucharadita de sal. Sube el fuego y cuando la mezcla chisporrotee, tápalo, baja el fuego y déjalo cocinar hasta que las papas estén tiernas, unos 25 minutos. Retira las papas con una espumadera y ponlas a un lado.

En un tazón, bate los huevos con la pimienta y ¾ cucharadita de sal. Agrega la cebolla y las papas. Vierte la mezcla de huevo en la sartén sobre fuego mediano. Cocina durante 2 a 3 minutos a fuego lento para que la superficie de la tortilla se seque. Mueve suavemente la sartén para despegar los bordes de la tortilla. Luego, pon un plato sobre la sartén y con guantes para hornear vuelca la tortilla sobre el plato. Cuando esté sobre el plato, deslízala nuevamente sobre la sartén y cocina 10 minutos del otro lado. Retira la tortilla y deja enfriar antes de cortarla en cubos de 1½ pulgadas. Sirve a temperatura ambiente.

Alcanza para 32 pequeñas porciones de entrada.

Pide a un adulto que te ayude cuando frías o cocines algo.

Helado de coco

RECETA DE AMALIA

PUERTO RICO

Una lata de 14 onzas de leche de coco no azucarada

1½ tazas de azúcar

⅛ cucharadita de sal

3½ tazas de agua

ralladura de ⅛ de limón verde

Mezcla bien todos los ingredientes. Pon en un recipiente de congelador y congela durante varias horas hasta obtener un sorbete congelado a medias. Retira del congelador y bátelo hasta romper los cristales. Para que la textura sea más suave repite este procedimiento. Congela durante la noche o hasta que quede firme.

Alcanza para 10 a 12 porciones.

Surullitos de maíz
RECETA DE JOSÉ MANUEL
PUERTO RICO

SURULLITOS

2 tazas de agua

1¼ cucharadita de sal

1½ tazas de harina de maíz amarilla

1 taza de queso Edam o Colby rallado

aceite vegetal para freír

Hierve el agua y la sal en una cacerola y retira del fuego. Agrega la harina de maíz mezclando bien. Cocina sobre fuego moderado durante 10 minutos o hasta que la mezcla se separe del fondo y los costados de la cacerola. La mezcla se espesará y saldrá vapor. Retírala del fuego. Agrega el queso y mezcla bien. Déjalo enfriar. Retira una porción con una cuchara y forma con las manos pequeños cilindros de puntas redondeadas de ½ pulgada de grosor y unas 2 pulgadas de largo. Fríe en aceite caliente a 375° F hasta que queden dorados. Retira y deja escurrir sobre papel absorbente. Sirve con salsa. *Alcanza para unos 50.*

Pide a un adulto que te ayude cuando frías o cocines algo.

SALSA

½ taza de mayonesa

½ taza de ketchup

3 dientes de ajo pelados y machacados

Mezcla todos los ingredientes y sirve la salsa fría para untar los surullitos calientes.

Alfajores
RECETA DE SUSANA
ARGENTINA

1½ taza de maicena

¾ taza y 3 cucharadas de harina de trigo

½ cucharadita de bicarbonato de soda

2 cucharaditas de polvo de hornear

7 onzas de mantequilla ablandada

½ taza y 3 cucharadas de azúcar

3 yemas de huevo

ralladura de un limón

1 cucharadita de vainilla

dulce de leche (ver la receta más abajo)

azúcar refinada en polvo

Calienta el horno a 350° F. En un tazón pequeño, mezcla la maicena, la harina, el bicarbonato soda y el polvo de hornear. Pon a
un lado. En un procesador, mezcla la mantequilla con el azúcar.
Agrega una por una las yemas de huevo y mezcla. Agrega la mezcla de harina por cucharadas, revolviendo bien después de cada
una. Por último agrega la ralladura de limón. Mezcla bien. Retira

del tazón y transfiere la masa a una superficie enharinada. Si la masa es muy blanda, ponla en el refrigerador hasta que sea fácil de manipular. Con un palo de amasar enharinado extiende la masa hasta ¼ de pulgada de espesor o estira entre dos hojas de papel encerado. Corta masitas redondas de 2 pulgadas de diámetro con un molde para cortar. Distribúyelas en una bandeja y hornea durante 10 minutos o hasta que tomen un color dorado pálido. Deja enfriar. Rellena los alfajores poniendo dulce de leche entre las dos masitas como si fuera un sándwich y espolvorea los alfajores con bastante azúcar en polvo. *Alcanza para 16 alfajores.*

DULCE DE LECHE

Una lata de leche condensada azucarada de 14 onzas   *1 cucharadita de vainilla*

Pon la lata de leche condensada azucarada en una olla honda. Cubre la lata con agua. Haz hervir durante 2 horas manteniendo la lata siempre debajo del agua. Retira la lata y deja enfriar. Abre la lata y vacía su contenido en un recipiente. Agrega la vainilla.

Alcanza para rellenar para 16 alfajores.

Pide a un adulto que te ayude cuando frías o cocines algo.

Chiles rellenos

RECETA DE MAMÁ ROSA

MÉXICO

12 chiles poblanos o cubanel

queso Monterrey Jack, cortado en rectángulos gruesos

2 huevos grandes, claras y yemas separadas

aceite para freír

En un *comal,* o plancha de hierro, tuesta los chiles de los dos lados hasta que la cáscara se vuelva negra y comience a levantarse. Retira los chiles del comal con pinzas. Pela los chiles antes de que se enfríen del todo. Haz un corte de dos pulgadas en cada uno de ellos y retira las semillas con una cucharita. Rellena los chiles con pedazos de queso. Pon a un lado.

En un recipiente grande, bate las claras de huevos a punto de nieve. Agrega suavemente las yemas. Empapa los chiles con la mezcla de huevo y fríe en aceite bien caliente. Cuando queden dorados, retíralos con una espumadera y sírvelos immediatamente.

Alcanza para 12 porciones.

Pide a un adulto que te ayude cuando frías o cocines algo.

Tortillas de harina
RECETA DE VICTORIA
MÉXICO

4½ tazas de harina de trigo

1 cucharadita de sal

3½ cucharadas de aceite de canola

1 taza de agua tibia

En un recipiente grande, mezcla la harina y la sal. Agrega el aceite mezclando con un tenedor hasta formar una masa granulosa. Agrega poco a poco el agua y amasa hasta que se forme con la masa una gran pelota. Tiene que quedar elástica, pero no pegajosa. Cúbrela y deja descansar ½ hora.

Saca con los dedos un pedazo de masa de una pulgada de espesor y dos de diámetro. Estira con un rodillo hasta formar un disco ancho y fino. Calienta una sartén hasta que una gota de agua chisporrotee. Dora las tortillas por ambos lados. Se pueden comer con relleno de carne, pico de gallo, queso desmenuzado o solas.

Alcanza para 28 tortillas.

Pide a un adulto que te ayude cuando frías o cocines algo.

Pico de gallo
RECETA DE ROBERTO
MÉXICO

2 tomates maduros grandes y picados

1 cebolla grande pelada y picada

las hojas lavadas y picadas de 1 ramito de cilantro

1 chile jalapeño picado fino

jugo de 2 limones verdes

Mezcla todos los ingredientes en un recipiente. Sirve con las tortillas calientes.

Turrón de doña Pepa
RECETA DE JOSEFA
PERÚ

MASA

2½ tazas de harina

2 cucharaditas de polvo de hornear

1 cucharada de semillas de anís

4 yemas de huevos

8 onzas de mantequilla

¼ taza de té de anís

1 cucharadita de sal

¼ taza de leche

Calienta el horno a 350° F. En un recipiente mezcla la harina, el polvo de hornear y las semillas de anís. En otro recipiente bate las yemas y agrega la harina. Luego, agrega la mantequilla y trabaja con los dedos hasta formar una masa granulosa. En un tercer recipiente, mezcla el té de anís, sal y leche. Agrega esta mezcla líquida a la de harina y huevo. Amasa y haz una bola de masa. Deja descansar a temperatura ambiente por 1 hora.

Estira la masa y forma galletas en forma cilindros de ¼ de pulgada de espesor y 4 de largo. Pon los cilindros sobre un plato untado con manteca y hornea durante 20 minutos o hasta que estén dorados. Retira del horno y deja enfriar.

> *Pide a un adulto que te ayude cuando frías o cocines algo.*

Almíbar

16 onzas de panela* (chancaca)	ralladura de ½ naranja.
½ taza de agua	1 palillo de canela
2 clavos de olor	jugo de ½ limón verde
jugo de 1 limón	* Se vende en las tiendas de productos latinos

Pon todos los ingrediente, excepto el jugo de limón verde, en una cacerola sobre fuego mediano. Remueve con cuidado hasta que la panela se disuelva y el líquido adquiera la consistencia de la miel. Unos 20 minutos. Agrega el jugo de limón verde para que la mezcla no se cristalice. Deja enfriar.

Preparación

Para hacer el turrón, ten a mano tus grajeas y confites multicolores. Cuando el almíbar se haya enfriado como para pegarse a los cilindros, acomódalos en capas alternándolos con el almíbar sobre una bandeja de 9 x 13 pulgadas. Pon una capa de cilindros en un sentido, una capa de almíbar, una capa de cilindros en el sentido contrario y así sucesivamente hasta terminar con una capa fina de almíbar a la que se adhieren las grajeas y confites que se ponen de adorno.

Cuando el turrón esté frío, córtalo en pedazos pequeños.

> *Alcanza para unas 25 porciones.*

Besitos de coco
RECETA DE MARILIA
PUERTO RICO

3¼ tazas de coco congelado rallado * (presionarlo al medirlo)

1 taza de azúcar moreno, * (presionarla al medirla)

8 cucharadas de harina de trigo

¼ cucharadita de sal

4 cucharadas de mantequilla a temperatura ambiente

3 yemas grandes de huevo

½ cucharadita de vainilla

* Se vende en las tiendas de productos latinos.

Calienta el horno a 350° F. Pon el coco rallado en un tazón. Agrega el azúcar moreno, la harina, la sal, la mantequilla, las yemas y la vainilla. Mezcla bien. Unta con manteca una fuente que se pueda meter en el horno. Retira una porción de la mezcla con una cuchara, haz unas bolitas y acomódalas en la fuente. Hornea durante 35 minutos o hasta que estén doradas. Deja enfriar en la fuente durante 10 minutos y con una espátula retira cuidadosamente los besitos y ponlos en una bandeja dados vuelta. Deja que enfríen completamente y ponlos hacia arriba nuevamente.

Alcanza para 35 besitos.

Pide a un adulto que te ayude cuando frías o cocines algo.

Tembleque
RECETA DE MARILIA
PUERTO RICO

¾ *taza de leche de coco azucarado (sacude bien antes de medir)*

1½ *tazas de agua*

½ *taza de maicena*

¾ *taza de leche*

¼ *cucharadita de sal*

canela al gusto

En un recipiente grande, mezcla todos los ingredientes salvo la canela. Pon la mezcla en una cacerola sobre fuego mediano. Revuelve continuamente con una cuchara de madera. Cuando la mezcla comience a espesar, baja el fuego y revuelve hasta que quede bien espesa y uniforme, unos diez minutos, hasta que puedas ver el fondo de la cacerola cuando remuevas de un lado al otro con la cuchara de madera.

Vierte la mezcla en un recipiente de vidrio de 9 x 13 pulgadas. Con un tenedor dibuja unos remolinos en la superficie del tembleque. Espolvorea con canela. Deja enfriar. Cubre y refrigera por varias horas. Cuando el tembleque esté frío tiene que tener la consistencia de la gelatina. Córtalo en cuadrados y ponlo en una fuente de servir. *Alcanza para 30 cuadrados.*

Natilla

RECETA DE ABUELITA

PUERTO RICO

4 yemas de huevos

¾ taza de azúcar

¼ cucharadita de sal

2 cucharadas de maicena

4 tazas de leche entera

2 cucharaditas de vainilla

canela molida

Con un batidor eléctrico, bate las yemas de huevo en un tazón grande. Agrega lentamente el azúcar y sigue batiendo. Añade la sal y la maicena hasta obtener una mezcla uniforme y suave. Pon a un lado.

Calienta la leche en una cacerola sobre fuego mediano. No debe hervir. Pon la leche en una taza para medir. Vierte en la mezcla de huevo un chorro continuo de leche caliente. Bate a velocidad mínima. Pon la mezcla en una cacerola y hierve sobre fuego mediano. Revuelve continuamente con una cuchara de madera. Cuando comience a burbujear, baja el fuego y cocina hasta que la crema espese, unos 15 minutos. Deberá tener la consistencia del chocolate espeso. Retira del fuego, agrega la vainilla y vierte en pequeños recipientes. Espolvorea generosamente con canela. Cuando la natilla se enfríe, cubre los recipientes y ponlos en el refrigerador a enfriar. *Alcanza para 4 a 6 porciones.*

Pide a un adulto que te ayude cuando frías o cocines algo.

Flan de coco
RECETA DE MAMÁ
PUERTO RICO

1 taza de azúcar

1 lata de 14 onzas de leche condensada azucarada

1 lata de 12 onzas de leche evaporada

1 lata de 15 onzas de leche de coco azucarado

6 huevos grandes

Calienta el horno a 350° F. Pon el azúcar en un molde redondo con hoyo en el centro sobre la hornilla a fuego mediano. Cuando el azúcar se disuelva y forme un jarabe caramelizado, saca el recipiente con guantes y haz correr el jarabe para cubrir los costados. No hace falta que el caramelo llegue al borde superior. Pon a un lado.

Pon la leche condensada, la leche evaporada, la leche de coco y los huevos en un recipiente grande. Con un batidor eléctrico bate a velocidad mediana hasta que la mezcla quede uniforme. Vierte en el recipiente con el jarabe caramelizado.

El flan debe cocinarse al baño María bien caliente en un recipiente de por lo menos 1 pulgada de profundidad. Para ello, pon agua en un recipiente grande y mete el molde con el flan. Coloca el recipiente en el horno y deja que se cocine durante una hora o hasta que un escarbadientes salga limpio. Retira el molde con el flan del agua y del horno. Deja enfriar completamente. Con un cuchillo, separa cuidadosamente los costados del flan. Vuelca el flan en una gran fuente redonda y cúbrelo con el caramelo que quedó en el molde.   *Alcanza para 12 a 14 porciones.*

Pide a un adulto que te ayude cuando frías o cocines algo.

Nota de la autora

SOBRE LAS RECETAS

El país mencionado en cada receta tiene por objeto indicar de dónde procede ésta. Sin embargo, la mayor parte de estas recetas son populares en otros países hispanohablantes. Por ejemplo, es bien sabido que el flan es un postre popular en España, México, Perú, Ecuador, Costa Rica y Argentina, entre otros, pero, la variación con sabor a coco es específica de Puerto Rico. Quizás no todos sepan que la tortilla, que generalmente se asocia con México, es un alimento básico en Guatemala, El Salvador y Costa Rica.

Todas las recetas que incluyo aquí fueron probadas en mi propia cocina y muchas de ellas han sido los platos preferidos de mi familia por generaciones.

Glosario

AGUINALDO: Pequeño regalo de Navidad

ALFAJORES DE DULCE DE LECHE: Galletas rellenas de dulce de leche

BACALAO A LA VIZCAÍNA: Plato tradicional de Cuaresma

BENDITO: Expresión muy usada en Puerto Rico que significa: ten compasión, por favor

BESITOS DE COCO: Postre

CHANCACA: Término usado en Perú, Ecuador, Bolivia y Chile para denominar al pan de azúcar mascabado o panela

CHILES RELLENOS: Plato típico de México; pimientos rellenos de queso blanco, cubiertos de huevos batidos y fritos en aceite

COBITOS: Pequeño cangrejo ermitaño

COLLAGE: Técnica pictórica que consiste en pegar sobre lienzo o tabla materiales diversos

COMAL: Plancha pesada de hierro

CONGRÍ: Arroz cubano con frijoles negros

COQUITO: Bebida de leche de coco y ron especial para las fiestas

CUCURUCHO DE MANÍ: Cono de papel lleno de maní o cacahuate

LOS CUCURUCHOS: Se llaman así en Guatemala a los cargadores en las procesiones

DOÑA: Título de cortesía o respeto que precede el nombre de una mujer

FLAN DE COCO: Postre hecho con coco, leche, azúcar y huevos

FRIJOLES: habichuelas

GARÚA:.Llovizna

GUAGUA: Autobús

GÜIRO: Instrumento de percusión que se toca raspando con una varilla sobre una muesca tallada en la superficie de una calabaza

HORCHATA: Bebida helada hecha de azúcar, agua y semillas de ajonjolí machacadas

JACKS: Nombre de las tabas en inglés

MANGÓ: Mango

MARACA: Matraca; instrumento de percusión que se toca sacudiendo una calabaza rellena con semillas secas o piedrecillas

M'IJO: Mi hijo

MOJO CRIOLLO: Salsa hecha de cebolla, ajo, aceite de oliva, hojas de laurel y pimienta en granos

MORENOS: Africanos llevados al Perú como esclavos

NATILLA: Crema hecha con leche, azúcar, yema de huevo y vainilla

PALITOS: Instrumentos musicales de percusión

PICO DE GALLO: Salsa mexicana hecha de tomate, cebolla, cilantro y chile jalapeño

PIÑATA: Figura hueca de barro o papier-maché bien decorada que se llena de frutas, caramelos y maníes o cacahuates

¡QUÉ MALA PATA!: Expresión común en Argentina que significa "mala suerte"

SALSA: Tipo de música para bailar latinoamericana; también cualquier tipo de preparación para acompañar platos

EL SEÑOR DE LOS MILAGROS: Imagen religiosa

SOFRITO: Salsa para aderezar

SURULLITOS DE MAÍZ: Frituras puertorriqueñas

TEMBLEQUE: Postre hecho con leche de coco

TORREJAS: Rebanadas de pan empapadas en leche, fritas y endulzadas con almíbar o miel

TORTILLA: Tipo de pan redondo y delgado hecho de harina de maíz o trigo y común en México y otros países de América Central

TORTILLA ESPAÑOLA: Plato típico español hecho de papas y huevos

TURRÓN: Postre navideño

YUCA: Tubérculo carnoso que también lleva el nombre de cassava

PLÁTANO: Fruto; banana

Agradecimientos

Muchas personas me inspiraron y guiaron al hacer este libro.

Agradezco a Roger Alexander Sandoval y a José Rodolfo Rosales su generoso aporte acerca de las tradiciones guatemaltecas. Le debo a mi buen amigo Germán Oliver la información pictórica sobre la Semana Santa en Guatemala.

Rodolfo Perez y Lucía González compartieron conmigo recuerdos de su infancia en Cuba. Olga Alonso compartió no sólo anécdotas de su infancia, sino también sus recetas de cocina. Muchas gracias.

También agradezco a Iris Brown por aclararme cómo era la vida cotidiana del Viejo San Juan en los años cuarenta.

Por las historias de su infancia en Buenos Aires, su constante aliento y por inculcar en mí el amor por la cocina debo agradecer a mi madre, Marta Orzábal de Delacre. Nellie Carpio fue de gran ayuda en la búsqueda de la receta perfecta de los alfajores.

No olvidaré a mi amiga mexicana, Victoria, cuya fuerza interior tanto admiro y con quien aprendí a hacer los chiles rellenos y el pico de gallo.

Fue Mayté Canto quien me presentó a su amiga peruana María Rosa Watson. Su entusiasmo por la leyenda y la tradición de El Señor de los Milagros fue irresistible. A ella le debo la receta del turrón de doña Pepa.

Le estoy muy reconocida a Diana Oliver, quien con tanta generosidad compartió conmigo sus maravillosas recetas del tembleque, del flan de coco y de la natilla.

Agradezco a Priya Nair y Monique Stephens por su gran ayuda con el glosario. También agradezco a Marijka Kostiw, Dave Caplan y David Saylor por su valiosa dirección artística. Y por su dirección editorial, dedicación, perspicacia y total dedicación a mi trabajo, agradezco a mi editora, Dianne Hess.

Por último, por su amor incondicional, debo agradecer a mi esposo, Arturo Betancourt, y a mis dos hijas Verónica y Alicia. Gracias Verónica, por hacer un análisis crítico de mis historias.

Estos libros también están disponibles en español.